Noires saisons

La collection *L'Aube noire*
est dirigée par Manon Viard

www.editionsdelaube. com

ISBN 978-2-8159-6326-8

Ariane Gélinas, Corinne Jaquet,
Maureen Martineau, Michèle Pedinielli

Noires saisons

nouvelles

éditions de l'aube

Avant-propos

Ariane Gélinas & Maureen Martineau[1]

En octobre 2021, notre recueil de nouvelles, *Criminelles*, paraissait aux éditions Alire. Ce livre résolument noir mettait en avant des femmes coupables de méfaits divers. Elles en étaient les initiatrices, les complices, voire les témoins. Nous avions campé ces treize fictions brèves au sein du territoire québécois, dans l'optique de cartographier le crime, de la Gaspésie à la Baie-James.

La réception enthousiaste de l'ouvrage a engendré, comme chez toute bonne malfaitrice, des envies de récidive. Mais cette fois, les autrices impliquées dans les délits embrasseraient plus encore l'espace : nous avons invité deux écrivaines européennes à rallier nos rangs : Corinne Jaquet, de la Suisse romande, et Michèle Pedinielli, du sud de la France.

Nous avons ainsi déployé une toponymie du crime en des zones vastes et inédites. En prime, les criminelles de *Noires saisons* plongent au cœur des bouleversements climatiques qui terrassent l'ensemble des continents. Si le Québec a été

1. Les notices biographiques des auteures se retrouvent en fin d'ouvrage.

gravement touché, ces derniers étés, par les feux de forêt, l'Europe a subi des sécheresses sans précédent et des inondations dévastatrices. C'est sur ce terrain glissant que nous avons choisi d'établir nos intrigues, les désordres environnementaux offrant l'occasion du crime, le provoquant, y participant ou le dévoilant.

L'écologie joue par conséquent un rôle de premier plan dans chacun des douze crimes fomentés dans cet ouvrage. Elle bouleverse significativement les saisons, que le recueil présente dans le désordre, à l'image des renversements météorologiques.

Chacune des quatre autrices de *Noires saisons* signe trois nouvelles prenant pour cadre des milieux ruraux ou forestiers peu densément peuplés, des hameaux perdus, des montagnes alpines, des lacs énigmatiques…

Ce projet réunit trois maisons d'édition, Alire (Québec), L'Aube (France) et Le Chien jaune (Suisse), permettant à ce recueil de voyager simultanément outre-mer : une première dans la francophonie !

Bons allers-retours du Labrador à la Creuse, sur les océans tumultueux de ces pages noircies par huit mains qui consignent les crimes au féminin pluriel !

Été

La vérité sur la Cuvette du Diable

Corinne Jaquet

Nous avions prêté serment de n'en parler à personne. Jamais.

Mais aujourd'hui le niveau du lac baisse.

Les nouvelles évoquent une carence dans l'hydrologie de notre pays. Je le constate en regardant par la fenêtre.

On nous avait dit que la Suisse était le château d'eau de l'Europe et que, mises bout à bout, nos rivières faisaient une fois et demi le tour de la terre. Et voilà que la sécheresse nous atteignait, nous aussi ?

Les bulletins de météo se suivent et sont tout autant pessimistes. Il ne pleuvra pas.

Selon l'aggravation de la situation, cet été pourrait être le dernier pour moi.

On parle de réchauffement de la planète et moi, je me demande quand ils comprendront.

Épée de Damoclès, épine dans le pied, on appelle ça comme on veut, je me trimbale cette faute sur les épaules depuis quarante ans. Une faute qui n'en était pas vraiment une, mais un acte qui a déterminé toute la suite de nos existences.

J'ignore encore comment tout cela finira.

Selon la loi, il y a prescription. Mais la mauvaise conscience en possède-t-elle une ?

J'éprouve soudain une nécessité de mettre par écrit ce que j'ai tu pendant ces années. Je sais aussi que les souvenirs feront remonter la haine. Que c'est dangereux.

Tant pis, j'essaie.

*

Insouciantes et heureuses ? Nous l'étions, ma grande sœur et moi. Brinquebalées de gauche à droite par une mère fantasque qui n'avait jamais voulu nous dire qui était notre père – n'y en avait-il qu'un ? –, nous avions la sérénité de notre jeune âge et la certitude paisible de grandir dans un pays sans danger.

Le péril n'était pourtant pas si loin ; il nous guettait un jour de marché au cœur de la petite ville dans laquelle vivait notre tante, et s'était glissé derrière de grands yeux verts sous une tignasse de cheveux blonds. Au moment où le champ de vision de notre mère s'est arrêté sur ce regard, tout a changé pour nous.

Les Compagnons de Jean-Pascal (les yeux verts) distribuaient la bonne parole de porte en porte et la vendaient sur les marchés. Une version revue et corrigée par le blond gourou. C'était le début des années 1970, une époque où de nombreux hippies, junkies ou anciens repris de justice avaient cru trouver en Jésus la solution à leurs problèmes. Il n'y avait plus que Dieu qui voulait encore de ces êtres perdus qui constituaient, pour beaucoup, la fange de la société. (Et que la société était bien contente de refiler à des sectes, soit dit en passant.)

Jean-Pascal disait que le Seigneur s'était révélé à lui après avoir entendu un prédicateur dans le sud de la France. Pour suivre Dieu (ou plutôt pour échapper au casier judiciaire qu'il traînait derrière lui), le nouveau berger aux cheveux de paille avait gagné la Suisse, persuadé que la patrie de la Croix-Rouge saurait lui offrir un havre de paix.

Il constata rapidement qu'il y avait autant de crédules en Suisse qu'ailleurs. Bien des spécialistes d'escroqueries financières étaient déjà passés par là. Le pays sentait bon l'argent facile : autant y tenter sa chance.

Du prêche dans la rue à un appartement délabré de Lausanne dans lequel avaient commencé à le rejoindre d'autres errants, Jean-Pascal avait constitué l'embryon de la communauté qu'il rêvait de créer. Sans aucune formation religieuse, il s'accorda le droit de célébrer des offices. L'époque avait soif de mysticisme. Rapidement, de riches propriétaires lui firent don de biens et de lieux, parmi lesquels le château du Diable.

Le château du Diable !

Il est des lieux dont le nom devrait éveiller les soupçons. C'était en réalité un surnom que les habitants de la région avaient donné à cette résidence aux allures baroques depuis qu'un crime y avait été commis, autrefois. On racontait même qu'il y avait encore du sang séché sur le sol quand la communauté s'y était installée. Jean-Pascal bénéficiant de la protection du Plus-Haut, rien ne lui faisait peur. Surtout si ça ne lui coûtait rien.

Château maudit dans un lieu perdu, personne n'était venu se pencher sur les activités des Compagnons. Dans le village le plus proche, on craignait ces chevelus qui invoquaient Dieu, cultivaient des légumes et se baignaient nus dans le lac – jusque-là sans nom –, bientôt rebaptisé « Cuvette du Diable » par toute la région.

*

Notre mère était en adoration devant la tignasse blonde et mal coiffée du gourou-beau gosse ; il fut rapidement décidé que nous passerions désormais nos week-ends dans la communauté.

Ce fameux jour, au marché, si Dieu avait existé, s'il avait vraiment été Amour, s'il avait vraiment choisi Jean-Pascal et surtout s'il nous avait vraiment aimées, nous, je ne serais pas en train d'écrire ces lignes ; nous ne serions jamais venues habiter au château du Diable et l'eau du lac n'aurait jamais risqué de se tarir.

Mais je vais trop vite.

*

Nos premiers passages au château furent des moments de bonheur. J'ai compris aujourd'hui qu'il s'agissait de la phase de séduction. Celle où le pigeon trouve une famille, se sent tellement accueilli, aimé, entouré qu'il a envie de revenir. Certes, il fallait prier beaucoup. Plusieurs heures par jour. Les enfants étaient parfois libérés de ces contraintes. Notre mère, toujours en pâmoison, priait avec une ferveur que nous ne lui connaissions pas. D'autant plus que nous ne l'avions jamais vue s'agenouiller dans une église.

Au début, nous ne dormions pas au château. Nous venions y passer la journée. Nous n'avions jamais eu autant de « frères » et de « sœurs », nous étions servies, installées au bout de la grande table en bois avec notre mère. Nous trouvions nos nouveaux amis rigolos ; tous les hommes étaient barbus et portaient les cheveux longs. Toutes nos nouvelles sœurs étaient vêtues de jupes longues, de casaques informes et retenaient leurs longs cheveux dans des fichus noués sur la nuque.

Jean-Pascal était épaulé par des « lieutenants » qui avaient eux-mêmes des adjoints dont les tâches étaient bien établies. Sous couvert de vie libre, l'organisation générale de la communauté était réglementée. La centaine de membres qui vivaient là répondait à une rythmique précise dont Jean-Pascal était le chef d'orchestre.

À la moindre occasion, des chants s'élevaient, de ceux que l'on aime reprendre en chœur autour d'un feu de camp. On louait Jésus, c'était très à la mode. Même George Harrison célébrait le Seigneur, c'est dire si nos mélopées étaient dans l'air du temps.

Notre destin se joua un dimanche soir. Au crépuscule d'un jour de grand beau temps où nous avions croqué des carottes en aidant au potager.

Notre mère avait échappé à notre vue, mais nous étions habituées à ce type d'abandon. Quelques jeunes sœurs avaient pris le relais.

À l'heure qui aurait dû marquer notre départ, nous avons longuement prié avant de recevoir notre soupe du soir. Maman restait invisible.

Lorsqu'on nous a dirigées vers le dortoir des filles, nous n'avons pas non plus posé de questions. Après une nouvelle prière, les feux se sont éteints. J'ai approché la natte qui me servait de couche de celle de ma grande sœur, je me suis lovée contre elle et nous nous sommes endormies.

Nous ignorions alors qu'une prison venait de se refermer sur nous.

Au cours des jours qui ont suivi, notre vie perdit de son confort. Nous n'étions plus en visite, ni en séjour de vacances.

Nous allions devoir suivre des règles. Le lever était fixé à 4 heures 30 et la journée commençait par une heure et demie de prières. Nous avons dû renoncer à nos vêtements habituels, qui nous ont tous été confisqués. Nous avons reçu des jupes et des blouses. Comme nous avions les cheveux courts, nous avons échappé aux fichus. Des tâches nous étaient désormais assignées, qui allaient du balayage à l'épluchage des pommes de terre. Et la communauté en consommait une montagne !

Ma grande sœur ne se rebellait pas ; peut-être ne comprenait-elle pas mieux que moi ce qui nous arrivait, mais elle ne disait rien. Je lui faisais confiance et pensais, en l'imitant, que tout s'arrangerait bientôt.

Quand nous avons enfin croisé notre mère, ce fut pour apprendre que le château du Diable était désormais notre demeure, que nous ne vivrions plus en famille, mais avec la communauté des enfants. Maman avait vendu tous ses biens, comme le réclamaient les Compagnons à ceux qui venaient les rejoindre. Jean-Pascal voulait que l'on se présente pauvre devant le Seigneur, en lui offrant une existence qui ressemblait à celle que vivaient les disciples au temps des apôtres.

Nous n'avions plus de maison. Juste une natte chacune, dans un coin du dortoir, au milieu d'une quinzaine de filles de nos âges ; pas même une étagère où mettre des effets personnels. Plus rien à nous.

Nous avons mis plusieurs jours à comprendre que maman s'était installée chez Jean-Pascal-le-Gourou. Elle était désormais sa compagne officielle, assise à ses côtés : elle était devenue celle que Dieu avait choisie pour notre berger, la précédente ayant été répudiée.

Ce terme ne nous disait rien, mais nous comprîmes rapidement que ce simple vocable allait faire notre malheur.

Parce que la « répudiée » se trouvait rejetée dans le dortoir des femmes et reléguée à l'éducation des enfants en raison de son ancien métier d'institutrice.

Marie-Solange n'avait pu s'opposer à l'ordre divin. Les évangiles selon Jean-Pascal étaient incontestables.

Ne pouvant s'en prendre à l'élue qui lui avait volé sa place, elle allait se venger sur nous. Avec violence, intolérance, injustice et une mauvaise foi confinant au blasphème dans une maison qui se voulait celle du bon Dieu.

Si méchante que, pour nous, Marie-Solange devint vite « Marie-Salope ».

*

Hier, plusieurs véhicules se sont arrêtés au bord du lac. Dans la focale de ma longue-vue, j'ai observé le maire se gratter le menton en écoutant, l'air préoccupé, un homme en combinaison bleue. Certainement un expert en hydrologie, de ceux dont on suit les préceptes, les sourcils en accent circonflexe.

Dans le journal de ce matin, ils disaient que la Cuvette aurait déjà perdu un quart de sa profondeur. C'EST UN MANQUE IMMENSE POUR NOS AGRICULTEURS EN DIFFICULTÉ QUI ESPÉRAIENT ABREUVER LEUR BÉTAIL AVEC CETTE EAU.

Je sais, moi, que le lac est mortifère.

J'ignore combien de temps il faudra avant que les gens apprennent ce que je pensais n'avoir jamais à expliquer.

*

Nous avions bien sûr tenté de nous plaindre auprès de notre mère, qui promit à plusieurs reprises d'en parler à Jean-Pascal, le seul capable de faire cesser les brimades. Il y eut quelques périodes d'apaisement, mais le temps n'y fit rien. Nous avions beau nous appliquer, nous ne recevions que des punitions. Quand Marie-Salope ne nous humiliait pas devant la classe en se moquant de notre accent ou du petit défaut de prononciation de ma sœur, elle nous demandait de réciter des leçons ou des poésies que nous n'avions pas eu le temps de préparer ou d'apprendre. Nous devions rester de longues heures à genoux à réciter des extraits de la Bible.

Les punitions étaient variées. Au début elles allaient des verbes à recopier cent fois au coup de baguette sur les doigts. Ça faisait mal. Ma sœur avait beau m'encourager à serrer les dents, je n'y parvenais pas toujours. Je pleurais beaucoup.

Nous étions installées au château depuis quelques mois lorsque les châtiments prirent un tour plus vicieux. Maintenant que j'y pense, il me semble que seules ma sœur et moi en étions victimes.

Ces soirs-là, de préférence au cœur de l'hiver, Marie-Salope exigeait que nous nous déshabillions et que nous faisions, nues, trois fois de suite, le tour du lac en courant. Il lui arrivait aussi de nous forcer à nous tremper plusieurs fois dans l'eau glacée.

C'est à l'occasion d'une de ces baignades forcées que tout est arrivé.

*

Contrairement à ma sœur, je ne suis pas parvenue à quitter la région pendant les années qui ont suivi. Il a même fallu que je revienne m'installer dans un de ces immeubles qui dominent aujourd'hui la Cuvette dès qu'ils ont été construits, il y a vingt ans, quand le plateau s'est urbanisé. Exactement vingt ans après notre fuite. Ne me demandez pas pourquoi.

Mon fauteuil favori donne sur le lac; je l'ai installé derrière la baie vitrée. Je regarde tous les jours ce qui ne sera bientôt plus qu'une flaque.

Depuis hier, le niveau a encore baissé.

*

Tous les Compagnons s'étaient trempés un jour ou l'autre dans le lac, nus ou habillés selon la cérémonie en cours. À chaque pleine lune, ils étaient une centaine à se tenir la main et à chanter dans le plus simple appareil, tels qu'ils étaient venus au monde, tels que Dieu les avait créés. Ils entonnaient des ballades écrites par Jean-Pascal pour remercier le Créateur de toujours veiller à ce que la communauté ne manque de rien.

Un photographe plus fouineur que les autres avait surpris l'un de ces moments d'exaltation; l'image avait fait la une de la presse régionale. Cela avait décuplé la hantise des habitants alentour et la terreur qu'inspiraient les Compagnons, de plus en plus isolés du monde, accusés de messes noires, régulièrement pointés du doigt par tous les curés du coin.

J'ai découvert tout cela bien des années plus tard. Sur le moment, dans la communauté, personne n'était conscient de ce que disaient journaux, radio et télévision, puisqu'ils étaient bannis de notre univers. Pour les gens de la région toutefois, le tort était fait, les Compagnons étaient considérés à tout jamais comme des illuminés.

Parfois certains adultes de la communauté pénétraient dans l'eau en pleine journée, habillés, escortés par Jean-Pascal et un de ses lieutenants, pour y recevoir le baptême. C'étaient des jours de ferveur intense, des moments de prière que j'appréciais, car ils nous tenaient à distance de Marie-Salope. Nous n'avions pas école les jours de fête.

*

Aujourd'hui, ils ont entouré le lac de barrières et placardé des banderoles Danger un peu partout. Toujours d'après le journal, la température tropicale que nous subissons depuis quelques semaines provoque une évaporation accrue. Des rochers dont j'ignorais l'existence affleurent à présent. On dirait que la bonde du fond de la Cuvette a lâché. Serait-il possible que l'eau s'en aille par un conduit souterrain ?

Ça n'arrange pas mes affaires. Je dors de moins en moins bien.

*

Le soir du drame, la température polaire nous mordait sous le ciel étoilé. Nous avions dû nous immerger plusieurs fois dans l'onde glaciale puis attendre debout, pieds dans l'eau, sans bouger, en chuchotant un acte de contrition. Les minutes passaient et Marie-Salope nous observait, un rictus accroché aux lèvres, tout en nous interdisant de sortir de l'eau. J'étais certaine que nous allions mourir là, sans que personne ne vienne à notre secours.

Et puis elle recula.

Peut-être pour se repaître d'une vue plus globale de la scène. Je crois même qu'elle souriait.

Son talon accrocha une pierre et son corps bascula vers l'arrière.

Tout alla très vite.

Dans la chute, sa tête heurta un rocher.

Elle ne bougeait plus.

Ma sœur mit une demi-seconde à sortir du lac. Je la suivis.

Nous nous sommes regardées. Sans rien dire, nous avons garni ses poches de cailloux et commencé à tirer son corps mou vers le bord de l'eau. Il ne fut pas très difficile de le pousser dans le lac.

Il y eut un léger clapotis, quelques bulles et puis plus rien.

Marie-Salope n'est pas réapparue à la surface.

Ma sœur a empoigné ma main et m'a jeté un drôle de regard. J'ai compris ce qu'elle pensait: il était temps de nous enfuir. D'un seul mouvement, nous avons couru jusqu'à la chambre. Entièrement nues, grelottantes, nous sommes parvenues à ne faire aucun bruit. Il régnait dans l'immense pièce un silence paralysant, parfois entrecoupé de très légers ronflements. Dans la panique, j'avais l'impression que tout le monde savait déjà ce que nous avions fait. Mais la douzaine de filles endormies dans la pièce s'en moquaient et gardaient les yeux fermés sur leur bonne conscience.

Nous avons enfilé nos vêtements à la hâte; ce n'était pas facile, avec nos corps mouillés et tremblants. Ma sœur a fait un petit baluchon avec le peu que nous avions. Nos nattes ont emballé le tout et nous avons quitté les lieux.

Nous avons évité le lac, gravi la colline, sans un regard derrière nous, sans même penser à notre mère que nous laissions. Marie-Salope ne nous ferait plus de mal, désormais, c'est tout ce qui comptait.

*

Cette fois, la police débarque avec la sirène et les gyrophares bleus.

Ils ont trouvé quelque chose !

Je ne parviens pas à régler la focale de ma longue-vue tellement je tremble.

Un homme-grenouille s'équipe et mon cœur va lâcher.

Je m'attends à tout instant à ce que l'on sonne à ma porte. Mais je continue à écrire. Peut-être que cela servira au moins à mon avocat, quand ils viendront me chercher…

*

Ma sœur et moi avons marché, marché si longtemps ! L'aube est arrivée, alors que nous étions endormies dans un petit sous-bois. Nous avons gagné le village d'à côté, où vivait notre tante. La sœur de maman, en ouvrant la porte, a fait une grimace épouvantée. Devant son étonnement, nous avons compris que notre évasion n'avait pas encore été signalée et que personne ne nous cherchait.

Elle savait, comme tout le monde, que nous étions emprisonnées dans le château. En nous voyant débarquer chez elle, à l'aube, à moitié vêtues, elle ne posa toutefois aucune question. Il lui fallut des années pour nous avouer qu'elle redoutait d'entendre ce que nous avions à lui confier. Elle aurait préféré ne jamais savoir ce que nous avions subi. Avec ce qui se disait sur la communauté, elle avait imaginé le pire. J'ignore comment elle a fait pour nous garder chez elle jusqu'à notre majorité. Elle avait peu de moyens, mais ne s'en est jamais plainte. Elle nous a gardées.

C'est curieux, quand j'y pense : nous n'avons jamais réclamé notre mère et celle-ci n'est jamais réapparue pour venir nous chercher. À ma connaissance, notre disparition n'a fait l'objet d'aucune enquête, d'aucun signalement. La société nous avait déjà oubliées.

À aucun moment je ne me suis posé la question. Ma tête refusait d'y penser.

À peine adulte, ma sœur est partie aussi loin de la région qu'elle le pouvait. Un Norvégien de passage l'avait séduite et emmenée avec lui. Elle avait saisi sa chance de tout oublier du château, du lac et de la communauté. Nous ne recevions, ma tante et moi, que de rares nouvelles, jusqu'à celle de son décès dans un accident de voiture. Son compagnon s'est occupé de ses obsèques ; nous n'avions pas les moyens de traverser l'Europe. Je ne l'ai pas pleurée. Depuis cet horrible soir, au bord du lac, je n'ai plus jamais versé de larmes.

N'ayant pu échanger avant sa mort tragique avec ma complice d'un soir sur le drame que nous avions vécu, je l'ai enfermé tout au fond de moi. En parler aurait signifié ouvrir mon cœur, et je ne le pouvais pas. C'est seulement aujourd'hui, depuis que le lac se vide et en écrivant ce texte, que je comprends à quel point je suis devenue muette.

Ma tante est morte à son tour quelques années plus tard.

Je suis donc seule héritière de la vérité sur la Cuvette du Diable.

*

Ce fameux soir, ma sœur et moi avions prêté serment, l'une envers l'autre, de ne jamais parler à personne de ce qui était arrivé à Marie-Salope. J'ai tenu parole.

Aujourd'hui, le lac est vide.

Au centre, la police a dressé une petite tente blanche.

C'est une vision étrange.

Il y a beaucoup d'agitation.

Les véhicules de presse se sont agglutinés sur le bord.

La télévision semble filmer…

Je vais allumer mon poste.

*

La communauté s'est finalement dissoute, quelques années plus tard. Ses membres se sont éparpillés un peu partout dans le pays et jusqu'en France. La présence de la secte avait bouleversé beaucoup de gens dans notre pays tranquille. Si Jean-Pascal avait sauvé plusieurs êtres de la drogue – ce dont on le créditait volontiers –, il les avait aussi utilisés dans son propre intérêt.

Mais en quittant le château, il abandonnait une longue liste d'impayés. Des plaintes s'ensuivirent, qui possédaient de faibles chances d'aboutir. Souvent, les donateurs n'avaient aucune preuve matérielle de leur générosité. Et *offrir, c'est donner, reprendre, c'est voler*, comme disent les enfants.

De temps à autre, au gré de poursuites judiciaires, la photo de Jean-Pascal réapparaissait dans la presse, pour faire état de témoignages d'anciens Compagnons qui avouaient leur honte de s'être laissé manipuler par le gourou qui avait fui avec ce qui restait de leurs ressources. Celle qui m'avait mise au monde avait certainement disparu avec lui. Les rares photos publiées dans la presse dataient de la naissance des Compagnons.

Je craignais trop de revivre ces souvenirs, j'évitais le plus souvent les reportages consacrés à ce que certains médias avaient appelé le « phénomène Jean-Pascal ». L'aventure des illuminés du château du Diable était devenue un cas de sociologie étudié dans certaines universités du pays.

Au cours d'émissions rétrospectives, j'avais parfois vu quelques anciens « frères » et « sœurs » s'épancher au micro de journalistes, regrettant de s'être fait duper. « *On s'est servi de notre idéalisme* », disait l'un, « *On nous a pris nos plus belles années* », ajoutait l'autre. C'était parfois poignant de retrouver vieillis des visages que j'avais connus. Étonnamment, je ne suis jamais parvenue à entrevoir maman au cours de ces reportages. J'en suis venue à me demander si elle était restée avec Jean-Pascal. La connaissant, j'imagine que l'homme devenu paria devait moins la séduire. Mais alors, où était-elle partie ? Et pourquoi ne nous avait-elle pas recherchées ?

*

C'est étrange, sur mon écran de télévision, de retrouver l'image que je vois depuis mon balcon. La petite tente blanche figure en gros plan. Ayant attrapé la télécommande pour monter le son, j'entends le commentaire : « Les ossements retrouvés seront étudiés par l'institut de médecine légale de Lausanne. Sans doute les experts pourront-ils déterminer à quand remonte le décès de la personne qui s'est retrouvée au fond de ce lac. Les premières constatations permettent de penser qu'il s'agit d'une femme. En attendant davantage de précisions, le juge informateur a ouvert une instruction pour meurtre. La présence d'un couteau bloqué dans les restes de la cage thoracique écarte d'emblée l'hypothèse d'une simple noyade. »

J'éteins le poste.

Je ne comprends plus rien.

Il est évident que le corps enfoui au fond du lac est celui d'une femme, puisque je sais que nous y avons poussé Marie-Salope. Mais je sais aussi que ni ma sœur ni moi ne l'avons poignardée. Cette lame se trouvait-elle sur le sol au moment de la chute ? Ou s'est-elle introduite dans le corps lorsque nous l'avons fait glisser vers le lac ?

Maintenant que j'y repense, nous n'avions que la lune pour toute lumière, et une vision certainement déformée par notre panique…

*

Quand la sonnette de la porte retentit, j'ai un moment de flottement.

Mon foutu sixième sens me dit que c'est eux, qu'ils ont tout compris, qu'ils viennent me chercher.

Je tremble un peu en ouvrant la porte.

Trois hommes sur le palier. Le plus massif, au centre, me demande avec un petit sourire si je suis bien la personne qu'il recherche. Il veut voir mes papiers.

Sans leur proposer d'entrer, je me tourne vers mon sac à main pour y saisir ma carte d'identité.

Je me demande comment ils ont fait pour me trouver, puisque, depuis l'enfance, j'ai changé trois fois de mari – et donc de nom. Mais je n'ergote pas. L'administration parvient toujours à nous mettre la main dessus; quiconque paie ses impôts le sait à ses dépens.

Avec ma carte en main, celui qui doit être le chef me demande s'ils peuvent pénétrer dans mon appartement.

Ils restent polis. C'est peut-être bon signe. Dans les films, on ne prend pas des gants pour forcer la porte des suspects...

Traversant le salon, un des hommes en uniforme se dirige vers le balcon. Il se penche pour mettre son œil dans le viseur de ma longue-vue toujours dirigée vers le lac. J'ai un haut-le-cœur. Plus moyen de jouer celle qui ne sait pas de quoi on va lui parler, maintenant.

Celui qui s'est identifié comme inspecteur – mais avec un nom que je n'ai pas saisi – me rend mon document et propose que nous nous installions sur le canapé. Je m'exécute, il vient à côté de moi et me tend un papier. C'est une copie de piètre qualité tirée d'une photo ancienne. C'est dire si l'image est mauvaise. Je ne mets néanmoins qu'une seconde à distinguer Jean-Pascal et Marie-Salope.

Ai-je encore le temps de dire que je ne les reconnais pas?

Un conseil résonne dans ma tête, qui me dit qu'il vaut mieux tout admettre, que cela me vaudra la clémence des juges, si je dois leur faire face.

J'argumente toutefois que c'est vieux, comme souvenir.

Il me demande à quel âge j'ai quitté la communauté, je réponds quatorze ans, il dit que cela fait quarante ans cette année, je fais celle qui calcule un peu.

Non, je n'ai plus jamais eu de contacts avec les membres des Compagnons. Non, je n'ai jamais revu ma mère, c'est ma tante qui avait obtenu ma garde.

L'homme regarde autour de lui. Il n'est pas bavard. Je sais bien que je devrais lui poser des questions, mais je n'ai plus de salive.

Les deux autres policiers tournent dans mon domicile : que cherchent-ils ?

Je déglutis avec encore plus de difficulté quand mon voisin de canapé me demande si je peux lui prêter une photo de ma mère. D'abord je dis non, que je n'en ai pas. Ensuite, je balbutie qu'il faut que je cherche un peu. Il paraît surpris par ma réponse, mais il insiste. Alors je m'exécute.

J'avais dissimulé les faits dans ma tête tout comme ce carton bien caché au fond de ma penderie. J'y déniche une image carrée, de celles qu'on imprimait dans les années 1970, aux teintes jaune orangé. On y voit ma sœur et moi en maillots de bain, sur une plage, et ma mère au centre qui entoure nos épaules de ses bras. Je la tends au policier.

Il en fait une copie avec son téléphone et me la rend. Sur un signe de lui, un des agents se dirige vers moi. Quand il glisse la main sur le côté de sa ceinture, je m'attends à le voir brandir des menottes.

Ils vont m'emmener, cette fois : c'est le moment.

Je vais devoir répondre de ce meurtre que nous avons commis il y a si longtemps.

Toutes mes émotions reviennent, moi qui n'en ressentais plus.

Je crois que je vais uriner sur mon canapé.

Mais il ne dégaine qu'un sachet bleu clair, dont il extrait un long coton-tige. Je sursaute et regarde l'inspecteur, qui me réclame avec amabilité de me soumettre à un test pour une recherche d'ADN.

Je ne pensais pas que cela se faisait à domicile. Pour moi, on opère ce type de recherches devant un juge ou à l'arrivée en prison.

Je me laisse faire.

L'inspecteur se lève, me remercie de les avoir reçus. Il ajoute que l'on me donnera prochainement des nouvelles.

Quand je referme la porte derrière eux, je me recroqueville sur le sol. Je pleure, enfin ! Je décompresse. Ce n'est pas du tout comme cela que j'entrevoyais une arrestation.

Que vont-ils chercher avec ce prélèvement ?

Se peut-il que, quarante ans après, mon ADN se retrouve encore sur les ossements de Marie-Salope ?

Je n'ose pas rallumer la télévision.

Je reste plusieurs heures sur mon balcon, à fixer la petite tente blanche.

Le temps passe.

Un fourgon policier arrive.

On en extrait une femme menottée qui porte de longs cheveux gris.

Le réglage de ma lunette n'est pas assez fin, je ne parviens pas à voir son visage.

Mon cœur accélère.

Maman ?

Est-il possible qu'elle nous ait suivies, cette fameuse nuit, et qu'elle ait parachevé notre… assassinat ?

Comment l'ont-ils retrouvée ?

Je tremble trop pour parvenir à exécuter des gestes cohérents.

Je me décide à allumer mon poste. Le reportage est en direct.

La photo de maman – celle que j'ai donnée aux policiers – apparaît, plein écran.

… cette femme vivait au château du Diable dans les années 1970…

La même photo agrandie, avec ma sœur et moi.

… d'après les témoignages que le commissaire a pu réunir, elle était à l'époque accompagnée de deux fillettes…

Surgissent alors quelques photos de Jean-Pascal, à l'époque où nous l'avions connu et celles prises lors de sa récente condamnation. Les mèches blondes ont blanchi et les traits sont marqués.

… condamné pour des escroqueries qui n'ont plus rien à voir avec celles de sa communauté, il est emprisonné depuis plusieurs mois à Bois-Mermet. Il a affirmé aux enquêteurs ne se souvenir que très vaguement de cette « sœur » dont il a totalement perdu la trace. Quand la femme et ses deux fillettes ont subitement disparu, a avoué le gourou, il n'a pas cherché plus avant…

Je cesse de respirer. « *La femme et ses deux fillettes ont subitement disparu…* » ? Qu'est-ce que ça veut dire ?

Le reportage revient au direct, au bord de la Cuvette.

Gros plan sur la femme amenée sur place tout à l'heure.

Je tente de distinguer ses traits sous les mèches grises.

… confondue par les récentes constatations des légistes qui ont pu vérifier l'ADN prélevé sur les ossements, la compagne de Jean-Pascal a finalement reconnu être l'auteure de l'assassinat commis il y a quarante ans…

Quand la caméra filme le visage en plan rapproché, je reconnais Marie-Salope.

Ses yeux fixent la caméra.

Comme si elle me voyait derrière mon écran, je suis certaine de la voir esquisser un sourire perfide.

Il faudra encore deux ou trois jours avant que la presse ne donne des explications recueillies auprès de la police :

Le soir fatal, Marie-Salope avait attiré maman près du lac pour en découdre. Les deux femmes s'étaient battues. Marie-Salope avait eu le dessus, elle avait poignardé notre mère et l'avait jetée dans la Cuvette.

Quand elle nous avait fait venir à notre tour, maman était certainement déjà morte. Le but était peut-être de nous éliminer avec elle. Mais les choses ne se sont pas passées comme elle l'avait prévu. Immergée à son tour, elle n'était qu'assommée et avait rapidement repris connaissance ; mais nous avions déjà fui. Constatant notre disparition le lendemain, elle avait fait croire au gourou que son amante et ses filles s'étaient évaporées. Elle avait ainsi repris place aux côtés du guide des Compagnons. En pleine période libertaire, Jean-Pascal n'avait pas cherché plus loin. Mais dans sa cellule, il y a quelques jours, devant la révélation de l'identité du cadavre, il a lâchement pointé du doigt la seule personne capable d'avoir commis ce crime.

Un crime qui, sans l'action du réchauffement climatique, aurait pu rester parfait.

Je viens de comprendre que c'est l'esprit de maman qui me retenait près de ce lieu.

Nous avons vécu, ma sœur et moi, avec la certitude qu'elle nous avait abandonnées et la culpabilité d'un acte que nous n'avions pas commis.

Finalement, Marie-Salope a gagné : sa vengeance a été complète.

À l'épreuve du feu

Ariane Gélinas

nous – arbres de métal – le ciel sans nuages érode nos cimes
des hauteurs électriques – reflets sur nos treillis d'acier – rien n'est jamais totalement protégé des flammes – on peut seulement promettre
à nos pieds des sentiers – toile vivante – arantèle de circuits
araignée qui tisse des arabesques pointues
nous – de nos formes ombrager le passage des grands animaux à deux pattes
sur nous – moi – grésillements – nos arches surplombent leurs chemins de croix
églises ouvertes aux bourrasques
il faudra apprendre la foi

À grandes enjambées, Léandre dirigea son petit groupe d'excursionnistes sous un pylône relié au réseau de lignes à haute tension de Bersimis. Vu du dessous, le géant d'acier s'apparentait à une rose des vents gigantesque sur laquelle les croisées en X se chevauchaient, la pyramide de treillis poignardant le ciel estival.

Anne-Sophie toussa, ses épais cheveux châtains tressautant au rythme de ses quintes. Depuis la veille, le smog irritait ses bronches d'asthmatique. Julien, le plus âgé du trio, quadragénaire distingué constamment en train d'argumenter sur les forums d'Histoire, avait le souffle plus court, avec son début d'embonpoint. Seul Léandre, sportif assidu, passionné de randonnée en montagne, ne paraissait aucunement importuné.

Depuis cinq semaines, les feux de forêt rougeoyaient dans le Nord et le Moyen Québec, totalisant des centaines de brasiers actifs. En cinquante ans, c'étaient les incendies les plus dommageables de la province, pires que ceux, historiques, de 2023. Au sein de la région, la situation était devenue anxiogène au point que l'ensemble des sites des monts Valin avaient été évacués pour une durée indéterminée.

Léandre commençait à craindre pour leur sécurité, même s'ils cheminaient vers le sud, en direction du Saguenay. Il s'inquiétait également au sujet de ce que les habitués surnomment les « hydrocombes ». Catacombes à ciel ouvert, version boréale, les sentiers se déroulaient sur plus de cinq cents kilomètres sous certaines lignes électriques du réseau, prisés et entretenus par un petit nombre d'initiés. Au fil des années, les adeptes s'étaient baptisés « les hydrophiles ». Maints lieux figurant sur les tracés hydroélectriques n'étaient pas sans évoquer les souterrains de Rome et surtout de Paris, plus dans l'esprit des carrières que des cimetières. On y retrouvait des caches artistiques installées dans des grottes ou en plein air, souvent enjolivées de sculptures, des ossements d'animaux savamment agencés, du *land art*, sans oublier des passages partiellement inondés où il fallait avancer avec des bottes hautes, le sac au-dessus du thorax. Et en prime, les maringouins, avides du moindre fragment de peau exposé : c'était l'une des raisons pour lesquelles les excursionnistes étaient couverts d'imperméables résistants, à la demande de Léandre, qui leur avait fait parvenir des consignes avant le départ.

À l'image des cataphiles, les hydrophiles échangeaient des cartes. Ils comptaient parmi leurs rangs des explorateurs ruraux et urbains, comme Léandre, qui photographiait les vestiges de l'érosion depuis l'adolescence. Le vingtenaire blond avait déjà passé des semaines consécutives en autonomie dans le parcours, perdant la notion du temps et une demi-douzaine de kilos, alors qu'il était bien mince. Cependant, la passion pour les sentiers situés sous les pylônes, même si elle était illégale – il s'agissait des terrains privés d'une société d'État –, nécessitait une *autre sorte d'habitude*. Comme dans les catacombes d'Europe, les groupes avaient besoin de préparation (vêtements, lampe frontale à la nuit tombée et forme physique acceptable), mais surtout d'un guide, afin de ne pas s'égarer aux embranchements des diverses lignes à haute tension. Sans guide connaisseur du terrain, impossible de repérer la majorité des caches aménagées le long des circuits.

« On va bientôt pouvoir faire une pause ? » demanda Julien, dernier de la filée, qui marchait à plusieurs mètres de ses deux compagnons.

Comme en réponse à sa question, la toux d'Anne-Sophie s'éleva, caverneuse. En rien rassurante.

Le guide tergiversa. Il avait toujours été intuitif, à l'écoute des perceptions en périphérie de la conscience.

« Je te dirais oui s'il n'y avait pas les incendies. Mais là… On va faire notre pause à la cache. J'ai peur que les vents se mettent de la partie. Le temps sec est propice à ce que s'allument de nouveaux feux… »

Anne-Sophie acquiesça, l'air grave.

« Tantôt, j'ai eu un peu accès à Internet. J'ai vu que les feux n'étaient toujours pas contrôlés. C'est la première fois qu'autant d'hectares brûlent au Saguenay. Moi aussi, je commence à m'inquiéter. D'habitude, les conifères s'embrasent davantage parce que les sapins et les épinettes, ça flambe mieux que les feuillus. Mais là, les incendies descendent vers les forêts mixtes... Et ils font des ravages. »

Grâce à ses études en foresterie, Anne-Sophie maîtrisait le sujet. Ce n'était pas son premier passage dans les hydrocombes. Depuis dix ans, les diplômés de son programme avaient l'habitude de décorer un pan de grotte non loin du réseau abitibien, à l'ombre de pylônes monumentaux.

Dans un soubresaut de bravoure, Julien répondit :

« On fera ce qu'il faudra. On va être combatifs.

— Tu dis ça, répliqua Anne-Sophie, mais tu n'as sûrement jamais vu un incendie de près. Moi, ma maison a brûlé quand j'étais petite à cause d'une cigarette de ma mère. Les feux de forêt, c'est encore pire. Ça *descend* vers toi. C'est pas une question de courir vite. Sinon, les chevreuils et les renards survivraient tous.

— Les pauvres animaux », soupira Julien.

Léandre savait par les réseaux sociaux que Julien les aimait. Celui-ci s'impliquait dans un refuge, multipliait les campagnes de sociofinancement pour les soins médicaux prodigués aux félins. Le guide avait contribué à quelques reprises aux collectes, allant jusqu'à adopter deux chats – l'un borgne, l'autre à l'oreille déchiquetée – qui vivaient dans la maison qu'il louait à Sorel, avec trois amis.

« Les pylônes vont aussi en arracher, renchérit Léandre. À partir de quatre cents degrés Celsius, l'acier devient malléable. Il n'est pas complètement à l'épreuve du feu. Puis il y a de quoi s'inquiéter de l'état de plusieurs sentiers, près des tours. Ça va prendre des années pour que les hydrophiles les remettent en condition. »

Toujours accablée par les quintes de toux, Anne-Sophie marcha bravement devant les autres.

« Après la cache, ajouta Léandre, on ne devrait pas tarder à arriver à Sainte-Rose-du-Nord. Ce sera plus sage. Mais juste avant, vous allez voir que la prochaine cache vaut vraiment la peine. Même pour une visite express. »

Anne-Sophie était fascinée par les parois de pierre rehaussées de figures sibyllines, inspirées des salles des catacombes. Les ornements rappelaient parfois les pétroglyphes, ces dessins rupestres tracés sur la roche. Il ne se passait pas cinq kilomètres sur le parcours sans qu'on rencontre l'une de ces installations. Le plus souvent, les cartes de Léandre s'avéraient indispensables pour les repérer.

Ils bifurquèrent vers la droite à l'initiative du guide, quittant l'ombre pyramidale d'une tour d'acier, l'un des modèles fréquents du réseau, au sommet triangulaire, aux oreilles pointues et à la base évasée : le Mae West.

« On arrive à la cache du Château, précisa Léandre à l'intention de Julien. Vous allez bientôt comprendre pourquoi elle a ce nom-là. »

Ils se déplacèrent jusqu'à des bosquets hauts de presque deux mètres. Quelques pins les ceinturaient, desséchés en cette fin juillet aride, leurs aiguilles au sol, arrachées comme des larmes roussies. Léandre songea qu'au moins il ne faisait pas trop chaud, contrairement au mois de juin, qui avait additionné les records. Quoique avec les incendies qui déferlaient…

Il réfléchit de nouveau au nombre d'hectares jusqu'ici carbonisés par les flammes : 5,5 millions. Il frissonna malgré la température clémente.

Derrière le rempart des arbres érigés en rangs approximatifs, une cache, soigneusement sculptée dans un rocher, se révélait. Des plumes d'oiseaux et des touffes de poils en tapissaient le fond. Des osselets également, bien que, *a contrario* de ce que des gens croient, les ossuaires ne soient pas l'essentiel des catacombes médiévales : ce sont plutôt ses boyaux et couloirs, qui donnaient l'impression d'être des mineurs en train de forer un passage au creux de la Terre.

Les reliquats d'un feu de camp et des lampions à moitié consumés, laissés près d'une bible ouverte et d'une pile de chapelets, indiquaient une visite récente. Il était rare, lors d'une excursion, de ne pas croiser au moins un autre adepte : ils avaient d'ailleurs fraternisé avec un couple dans la salle précédente, où ils s'étaient arrêtés pour manger pendant le zénith. Les vendredis et samedis soir, surtout, les caches se remplissaient de fêtards.

Anne-Sophie se précipita à l'intérieur du Château, le visage rougi par l'enthousiasme.

Les motifs ciselés dans la pierre renvoyaient à une imagerie médiévale : dragons, rois et reines, pont-levis, canons massifs. On avait même sculpté des gargouilles et creusé des meurtrières à certains endroits. Çà et là, des figurines se tenaient en équilibre sur les surfaces planes et ouvragées.

Julien, qui en était à sa première excursion, ne put étouffer des exclamations impressionnées. Et l'aménagement n'était pas terminé : du matériel de maçonnerie et un escabeau aux marches boueuses patientaient près d'un bosquet. À la connaissance de Léandre, c'était l'une des salles les plus accomplies des hydrocombes ; pourvu qu'elle continue d'échapper aux assauts des graffiteurs, dont les œuvres ponctuaient les tracés déployés sous les géants d'acier ! Eux aussi, c'était en quelque sorte leur royaume.

Malgré ses appréhensions, Léandre laissa les autres excursionnistes photographier abondamment la cache – la condition exigée était que les clichés se cantonnent à leur *Drive* personnel ou soient diffusés seulement sur des sites à accès restreint. Le guide se refit la réflexion que les sentiers entretenus sous les pylônes, fréquemment de véritables corridors de vent, créaient une puissante et vaste toile d'araignée s'étalant au cœur du Québec. Un réseau-labyrinthe au tracé sans cesse évolutif, lignes à haute tension vivantes.

Pas étonnant qu'il rêvât si souvent aux hydrocombes, ses songes le précipitant fréquemment au sein du réseau hydrophilique. Alors que certains endormis arpentaient sans relâche la maison de leur enfance dans laquelle les interrupteurs se soustrayaient à leurs doigts, il progressait le plus souvent, serein, dans les souterrains, remontait des cordages de la texture de la soie à la lueur d'une lampe frontale.

Agenouillée devant le matériel de maçonnerie, qu'elle donnait l'impression d'avoir envie d'utiliser, Anne-Sophie recommença à tousser. Tant bien que mal, elle prit des images à l'aide de son cellulaire.

Elle finit par se relever, avec l'aide de Julien, la respiration sifflante. Résignée, elle plongea ses mains dans son sac à dos, en quête de son Zenhale et de sa chambre d'inhalation.

« On devrait penser à y aller », suggéra Léandre en regardant nerveusement autour de lui.

L'intérieur de la cache lui semblait tout à coup empli de fumée, le brouillard s'agrippant aux gargouilles, figurines et dessins rupestres.

Les uns à la suite des autres, ils s'extirpèrent du Château en écrasant des grains de chapelet répandus sur le sol. Les branches des bosquets cinglèrent leurs avant-bras tandis que le lieu, de nouveau, se scellait sur ses secrets.

Léandre darda son regard vers le nord. Un ciel voilé de fin du monde, épais et jaune, charriait les miasmes des incendies qui descendaient jusqu'au sud. Gagnaient du terrain. Le soleil, grisé à l'excès, parvenait péniblement à se frayer un passage à travers la fumée en suspens.

On annonçait encore du temps sec pour le lendemain : il n'y avait pas eu la moindre averse depuis seize jours.

Les bronches de Léandre se contractèrent sous les assauts du smog. La qualité de l'air était très mauvaise. La dégradation se ressentirait, selon la direction des vents, jusqu'en Europe ou aux États-Unis. Comme en 2023, les réseaux sociaux s'empliraient d'images postapocalyptiques de New York, de Reykjavik ou de Paris.

Partout au Québec, on avait interdit les feux de camp, fermé des pourvoiries et plusieurs zones d'exploitation contrôlées. Même si la majorité des brasiers étaient créés par la foudre, il ne fallait pas relâcher davantage de smog dans l'atmosphère déjà saturée.

Léandre revit son crétin de voisin en train de brûler des chaises dans sa cour, quelques jours auparavant. On était loin de la conscience environnementale collective !

Il recommença à s'inquiéter pour son petit groupe d'hydrophiles et pour lui-même. Ils devaient hâter le pas jusqu'au village de Sainte-Rose-du-Nord, où ils dormiraient au camping La Descente-des-Femmes.

Le guide visualisa un mastodonte de métal affaissé, comme lors de la crise du verglas de 1998, sur laquelle il avait consulté des documents d'archives. Ses bras argentés se repliaient, rompus, au fur et à mesure que les fils électriques ployaient, s'entortillaient en s'effondrant. Léandre serra les dents, avança plus rapidement.

Au loin, le prochain pylône se détachait. Ce modèle de type portique, plus rare, avec son espace presque libre au sol, ressemblait à un bonhomme aux jambes interminables surmontées d'une tête triangulaire écrasée. Le portique en treillis se dressait sur le renflement d'une colline au potentiel agricole.

Bientôt, ils allaient commencer à descendre.

Léandre plissa les yeux. Était-ce un fil qu'il apercevait sur le géant d'acier, en train de se balancer de l'une des poutres ?

Tandis que le groupe progressait vers le sud, son hypothèse s'effritait : c'était beaucoup trop large pour évoquer un câble électrique qui aurait pendu des isolateurs ou de la fourche. Et plus *pâle*, aussi.

Tout de même, le guide devait demeurer prudent, responsable qu'il était des hydrophiles.

Il entendit de nouvelles quintes de toux derrière lui. Le ciel jaunissait de plus belle autour des poutres et des traverses, l'air s'alourdissant des particules d'incendie.

Julien demanda le premier :

« C'est quoi ça ? »

L'attention du groupe se porta vers le bas du pylône, dans l'espace dégagé. Une forme paraissait *collée* à l'une des jambes. Attachée ?

Le tout avait un aspect humanoïde par sa taille, par ce qui ressemblait à des membres.

Sans prévenir, Julien s'élança vers la tour en treillis. Après une hésitation, Léandre se rua à sa suite, manquant de trébucher dans son empressement.

Le cri du quadragénaire retentit.

Le cadavre d'un homme d'une quarantaine d'années était ligoté debout avec des cordes serrées. Ses mains étaient attachées à la verticale au-dessus de son crâne, son dos, appuyé contre l'une des « jambes » du pylône. Son corps chétif, vêtu d'une chemise bourgogne ouverte, de jeans souillés et de chaussures sport blanches aux lacets défaits, ondulait au gré du vent faible. Par intermittence, la pointe de ses pieds touchait le sol, à cause des liens entortillés autour de ses poignets, qui le maintenaient accroché quelques centimètres plus haut. La façon dont il avait été attaché avait quelque chose de rituel, voire de religieux. Des chapelets étaient même enroulés autour de ses chevilles.

Ses yeux morts étaient dirigés vers les fils électriques au-dessus de sa tête aux cheveux fournis.

« Criss, lança Julien avant de vomir.

— Il… il a été étranglé avant d'être accroché, on dirait », balbutia Anne-Sophie, livide.

Elle avait raison. Des marques de strangulation, évoquant celles qu'auraient pu imprimer les grains d'un chapelet, striaient sa gorge.

« N'approchez pas trop, réussit à articuler Léandre après un temps. Il ne faut pas le toucher. Ce n'est pas comme si on pouvait l'aider… On arrive trop tard. »

La nausée s'empara du guide, qui hoqueta.

À sa droite, Anne-Sophie pianotait sur son téléphone. En vain.

« Toujours pas de réseau. »

Les gestes gourds, Léandre vérifia son appareil, jeté au fond de son sac. Verdict identique. Quant à Julien, il avait laissé son téléphone chez lui, afin d'expérimenter une cure de réseaux sociaux.

Léandre passa une main tremblante dans ses cheveux pleins de nœuds. Il essaya de se montrer rassurant.

« On… on devrait avoir du réseau dans dix, quinze minutes. On pourra appeler la police. Pour l'instant… faut pas rester là. Le ciel est rendu orange…

— J'ai la sensation qu'il fait plus chaud », murmura Anne-Sophie, les jointures blanchies autour de sa chambre d'inhalation.

Julien se releva, s'essuya la bouche à l'aide d'un de ses mouchoirs en tissu.

Léandre osa un ultime regard vers le martyrisé accroché au pylône, incapable de se départir de l'impression de contempler une crucifixion. Les cordons dénoués des chaussures du mort voletaient, du gris de la cendre.

nous – arbres de métal – des hauteurs cernées – le feu avance – le ciel n'a pas la couleur habituelle de l'été – sur nos fils la sécheresse suspendue – le brasier progresse – épais – électrique

les flammes grimpent sur nos treillis – lèchent l'acier – rien n'est jamais totalement à l'épreuve du feu

des bêtes fuient – se déversent parmi les collines – les trombes orange descendent – brûlantes – vers une grotte près de l'emprise de la ligne

de grands animaux sur deux pattes qui parlent y séjournent – le feu s'engouffre dans ce qu'ils nomment château

sur nous – moi – grésillements – les flammes s'attardent sur un animal à deux pattes qui ne bouge pas dans mes arches – nos arches

l'incendie nous renifle – commence à monter sur moi – sur nous – la chaleur partout

une fumée dense sur mes branches de métal – l'animal se racornit plus vite que moi

les flammes escaladent – des hauteurs cernées – le feu descend la colline
et descend

Les jambes chancelantes, Léandre ouvrait la marche vers Sainte-Rose-du-Nord, village coquet enchâssé parmi des montagnes courtaudes, sa rue du Quai se baignant presque dans le fjord. Anne-Sophie avait réussi à joindre le service de police, une vingtaine de minutes auparavant. Le réceptionniste avait paru quelque peu décontenancé. Plutôt que de les aviser qu'on viendrait à leur rencontre, l'homme avait mentionné que les randonneurs seraient attendus dans la communauté construite à l'écart de la route 172.

Agitée, Anne-Sophie ne cessait de jeter des coups d'œil aux environs. Elle connaissait bien le Saguenay : elle avait de la famille à Saint-Fulgence. Julien marmonnait, fermé sur lui-même.

Le ciel se confondait avec les vagues du Saguenay, d'un orange mâtiné de gris exsangue. Les demeures, pour certaines colorées, de temps à autre érigées sur la longueur, étaient en harmonie avec les montagnes légèrement aplaties. Le fjord semblait porter avec acuité cet après-midi l'un de ses surnoms : « *fleuve de la mort* ». Léandre était incapable de réprimer un mauvais pressentiment.

À l'entrée de Sainte-Rose-du-Nord, bien avant le cœur du village, son quai modeste et sa délicate église blanche et grise étrangement oblique, une dizaine de véhicules de police étaient stationnés, certains de guingois. Même si l'agitation était palpable, une quinzaine de policiers s'affairant plus loin, personne ne leur prêtait attention pour l'instant.

« Ils ont envoyé toute la délégation de la région ou quoi ?, se surprit Anne-Sophie. La dernière fois que j'ai vu autant d'agents de police, c'est quand la passerelle d'un bateau-mouche a cédé.

— La passerelle d'un bateau-mouche ?, demanda Léandre en continuant d'avancer vers les policiers. Ça ne me dit rien.

— En tombant, elle avait entraîné une dizaine de personnes plusieurs mètres plus bas. Ils s'en allaient faire une croisière touristique. C'est le seul fait divers dont Sainte-Rose peut se vanter. Ça, puis une légende… »

Julien redressa le menton.

« Une légende ?

— Celle de la Descente-des-Femmes. Avant, Sainte-Rose s'appelait la Descente-des-Femmes. Aujourd'hui, il reste le camping et un ruisseau qui se nomment comme ça.

— La toponymie est souvent super révélatrice de l'histoire d'un endroit, ajouta Julien. Tu connais la légende ?

— *Les* légendes. On ne s'entend pas. Il y en a qui disent que ça viendrait de trois femmes innues qui étaient fâchées après leur mari. Elles auraient quitté leur tente au beau milieu de la nuit et seraient allées dans la direction contraire à Pessamit. Elles se seraient perdues jusqu'ici avant de s'installer à la Descente-des-Femmes. Une autre version raconte que des femmes, en haut de l'anse Théophile, attendaient leurs maris partis pêcher. Au retour de leurs époux, elles les rejoignaient en se laissant glisser le long d'une pente pas trop à pic. La pente s'est appelée par après la Descente-des-Femmes. Puis il y a la version macabre d'une petite fille de neuf ans tombée de la montagne. Il y a toujours eu un problème avec le fait de “descendre”, à Sainte-Rose-du-Nord… Comme la fois du bateau-mouche. »

Léandre considéra le paysage vallonné, parfois agricole, à la végétation variée, si champêtre lorsque le smog n'écrasait pas les cimes. Les flammes allaient-elles descendre aussi ? Jusqu'ici ?

Il déglutit. Il avait hâte de livrer son témoignage. Pour peut-être trouver un certain apaisement par la suite. En boucle, il revoyait l'homme rivé au pylône, le regard chaviré vers le ciel jauni, des marques d'étranglement sur sa gorge. Celles d'un chapelet ?

Ils rejoignirent enfin un agent, debout près d'un véhicule de police. Le sexagénaire mince et moustachu donnait l'impression d'être affairé, parlait à toute vitesse dans son téléphone portable, les yeux mobiles.

Anne-Sophie s'écarta de Julien, se plaça en face du policier.

« On vous a appelé. Pour le mort sur le pylône. »

L'agent tiqua.

« Désolé. Je ne suis pas au courant. Je ne suis pas ici pour ça. »

Interdit, Léandre mit quelques secondes à réagir. Julien se rapprocha de lui.

« Vous êtes là pourquoi ?

— Pour la victime en bas de la Descente-des-Femmes. Elle s'est jetée de la montagne avec des chapelets autour des poignets. »

Le guide accusa le choc. Anne-Sophie s'exclama après un temps :

« Une autre histoire de descente ? »

L'agent ne cilla pas. Derrière lui, une policière, plus avenante, les rejoignait. Tout juste vingtenaire, elle les apostropha dans un français coloré d'accent espagnol. Sa longue tresse serrée tombait sur sa poitrine, qui bombait son uniforme.

« C'est vous qui avez appelé pour le pylône ? »

Léandre et Anne-Sophie répondirent d'une même voix.

« Les deux incidents sont peut-être liés : il pourrait s'agir d'un couple de fervents religieux. Avant de se jeter de la Descente-des-Femmes, la victime a laissé une bible annotée jusque dans les couverts. Merci de me suivre. »

nous – arbres de métal – le ciel jaune grandit – comme si les nuages triomphaient de l'horizon

deux animaux qui marchent debout avancent – en dessous de nous – crient

UNE VOIX *:* tu es folle
fais entrer la religion partout
de force
m'attache en croix souhaite tout le temps me purifier
que tu dis
je veux te quitter
chaque randonnée devient une mortification
L'AUTRE *:* tu n'avais pas le droit tu m'as trahie
j'avais confiance
il n'y a plus qu'un moyen de trouver la rédemption
comme Saint-Pierre sur la croix
ensuite ce sera mon tour

l'un sur l'autre – roulent sous nos arches – se battent – l'herbe si sèche qu'elle casse

l'un ne bouge plus – une coupure de courant dans le corps

le deuxième se relève – grésillements – des cordes à l'intérieur de ses mains – la pluie lui sort des yeux

à moi – nous – accrocher l'animal au treillis immobile – une offrande attend le feu

nous – arbres de métal – nos arches lourdes

le brasier approche – des hauteurs cernées – je porte

De l'une des fenêtres du bureau municipal du village, converti pour l'occasion en poste de police, Léandre remarqua que le ciel de Sainte-Rose-du-Nord était en train de s'éclaircir. Quelques rayons se frayaient un passage jusqu'à la salle d'attente. Les vents paraissaient épargner la petite communauté.

La Descente-des-Femmes ne verrait pas les flammes dégringoler vers son anse évasée. Elle enfouirait une autre légende dans les monts et la rivière : celle de la religieuse fanatique qui, après avoir tué son mari infidèle près d'un pylône, s'était baptisée à l'envers en se jetant d'un sommet sacré.

Le regard du guide se dirigea avec un peu d'appréhension vers la salle d'interrogatoire dans laquelle Julien était entré, une dizaine de minutes auparavant. À ses côtés, Anne-Sophie discutait au téléphone avec sa sœur des récents événements. Ce serait bientôt son tour de donner sa déposition.

Après avoir appris la nature religieuse du suicide de la femme, Julien avait insisté auprès des excursionnistes pour révéler aux policiers la présence de bibles et de chapelets dans la cache. Anne-Sophie et Léandre, surtout, s'y étaient farouchement opposés : ils pouvaient dire adieu au Château s'ils en parlaient. Ainsi qu'à une bonne partie du réseau, ainsi mise à découvert. Julien avait fini par promettre de ne pas évoquer les hydrocombes, même s'il avait répété que leur silence était criminel et entravait l'enquête.

Avant d'arriver au poste, ils avaient finalement convenu d'affirmer qu'ils étaient partis en randonnée tous les trois, après avoir fraternisé sur un groupe d'échanges. Ce qui était vrai. Qu'ils s'étaient un peu égarés sur les terrains d'Hydro-Québec.

La gorge nouée, Léandre songea aux sentiers, aux géants d'acier meurtris par les incendies. À toutes ces caches qui seraient à nettoyer, à reconstruire. Ses rêves le porteraient des mois durant au creux des chemins blessés, parmi les grésillements fuyants.

Rien n'est jamais totalement à l'épreuve du feu.

Le réseau lacéré sous les arbres de treillis mettrait des années à cautériser ses plaies. À l'instar de la forêt.

Discrètement, Léandre sortit l'une de ses cartes, les yeux humides.

Les parcours seraient de nouveau à baliser. Beaucoup de travail attendait les hydrophiles.

Ils ne failliraient pas à la tâche.

Descendre sous les fils. Avec des pelles ou du mortier.

Comme au fond d'une fosse.

L'araignée refait toujours patiemment sa soie.

L'eau qui dort

Michèle Pedinielli

France sortit du poulailler deux cadavres à la main. Comme chaque matin depuis une semaine, elle grimpa au sommet du talus derrière sa petite maison pour les déposer à l'orée de la forêt. « Adieu, mes cocottes, vous avez été douces », souffla-t-elle. La famille de renards aurait de quoi se nourrir sans venir forcer le grillage. Deux poules quasiment rôties servies sur un plateau. Il n'en restait plus que huit. Mais jusqu'à quand ? Elle redescendit pour retrouver la fraîcheur toute relative de sa cuisine et attrapa l'hebdomadaire local déposé une heure plus tôt dans sa boîte aux lettres. Pour les vacances d'été, la commune avait embauché un jeune à VTT pour livrer une fois par semaine le journal aux maisons isolées. Il aimait les chemins de campagne et n'était pas causant. Sa seule visite de la semaine. France l'avait trouvé supportable.

Elle déploya le journal sur la vieille table en bois. On sentait bien que les rédacteurs peinaient à trouver de nouveaux titres en une, quand l'actualité principale était une canicule insoutenable qui frappait depuis un temps long, si long. Aux recensions des records de température dans l'Hexagone avaient succédé les annonces de coupure d'eau dans les villages, d'abord la nuit, et depuis la semaine précédente, deux heures pendant l'après-midi également. France avait dû se résoudre à acheter cette eau en plastique qu'elle détestait. On avait aussi inventorié les « bons plans pour rester au frais » (elle s'était demandé si conseiller aux gens de consommer encore plus en s'abritant dans des supermarchés climatisés était vraiment sérieux). Une fois, l'écho lointain d'une émeute en prison s'était affiché en première page, mais si l'on y regardait de plus près, elle aussi était directement liée aux chaleurs infernales.

Aujourd'hui, France avait constaté 31° au vieux thermomètre dès six heures du matin. On était parti pour un minimum de 40°. À l'ombre.

Dans ce coin de l'arrière-pays niçois, ce n'étaient pas tant les températures qui étaient surprenantes – France se souvenait de ces pics d'été torrides de l'enfance, prétexte pour se jeter dans la rivière, avant de paresser le plus longtemps possible au bord de l'eau sous l'ombre rafraîchissante des aulnes de la berge. Ce qui était exceptionnel, c'était la durée de cette vague de chaleur. La canicule avait commencé au mois de juin. Les températures diurnes, implacables, s'accompagnaient de nuits tropicales pendant lesquelles le mercure ne descendait plus sous la barre des 23°. Jour et nuit, nuit et jour. Et la pluie qui ne tombait plus depuis deux mois. La rivière s'était étiolée, le puits de la ferme était à sec, les bêtes avaient chaud, les humains avaient soif. La terre souffrait.

Le journal rappelait encore et toujours l'arrêté préfectoral qui limitait très strictement l'utilisation de l'eau. Pour le potager et le verger de France, interdiction d'arrosage à toute heure, même la nuit. Priorité aux grosses exploitations agricoles. Ses cultures se mouraient l'une après l'autre. Les jolies fleurs à l'avant de la maison avaient disparu depuis longtemps. Même le jasmin avait déposé les armes, grillé malgré sa nature méditerranéenne. Seules les plantes grasses et les succulentes s'épanouissent dans l'aridité. Les poules tombaient de déshydratation, les neuf cochons se rencognaient dans l'ombre de leur auvent, les deux ânes avaient arrêté de braire, son chien haletait sur le carrelage, le chat avait disparu, elle-même transpirait au moindre mouvement.

Aujourd'hui, sous le titre du journal, un visage inattendu attira son œil et la guida vers la page 3. Sur quatre colonnes s'étalait un titre pétri de conviction martiale : JE VAIS CRÉER DES EMPLOIS ! Au-dessous, la photo de Jean-Marie Bertini-Beaufort prise pendant l'interview, l'index dressé devant ses sourcils froncés, saisi dans la fougue de l'argumentaire. L'homme portait beau, cinquante-cinq ans, chevelure poivre et sel fournie, mâchoire carrée et dents blanches. Il n'avait pas tellement changé depuis le temps où France et lui fréquentaient les bancs de la seule école du village. Il était déjà séduisant, hâbleur et sans scrupule, mais ne s'appelait encore que Bertini, bien avant son mariage avec l'héritière des soupes en brique Beaufort. S'il avait choisi d'accoler le nom de sa femme au sien, ce n'était évidemment pas pour ajouter sa pierre à l'avancée de l'égalité hommes/femmes mais bien pour contribuer à sa propre ascension, pas à pas, une opération marketing à la fois.

Jean-Marie Bertini-Beaufort annonçait donc par voie de presse qu'il avait acheté dans la région un magnifique terrain de deux cents hectares, arboré d'essences séculaires et sillonné de murets de pierres sèches, avec l'intention d'y construire un complexe golfique. « *Complexe golfique* », c'étaient les termes qu'il avait employés avant de détailler la liste des équipements : une résidence hôtelière de luxe avec piscines, quelques villas « *exclusives* », un restaurant gastronomique et, bien sûr, un parcours de golf. Le tout magnifié par la vue sur les Alpes du Sud, la vallée en contrebas et les villages voisins. C'était une vision haut de gamme, toute de matériaux nobles et décors de rêve, à même de faire venir une clientèle fortunée dans cet endroit méconnu qui deviendrait bien vite, il en était sûr, le nouveau spot qui compte, *The Place To Be*, pour grands de ce monde, actrices hollywoodiennes et influenceurs tiktokeurs. Alors les emplois, pensez-vous ! Ça allait ruisseler, couler à flots, submerger le village et les alentours dans un bonheur économique sans précédent. Architectes, décorateurs d'intérieur, paysagistes et chefs étoilés viendraient de Paris bien sûr, mais tous les autres, petites mains ô combien indispensables (jardiniers, cuisiniers, commis, serveurs, réceptionnistes, femmes de chambre), seraient recrutés sur place, et les emplois induits allaient bénéficier à tous ! Jean-Marie Bertini-Beaufort s'enflammait à chaque tournure de phrase : il était revenu aux sources pour inonder son village natal d'un bonheur sans limite.

Un complexe golfique ? France termina son verre d'eau et se dirigea vers la baraque des cochons qui nécessitait une réparation. Un complexe golfique ? Elle enfila ses gants et attrapa sa caisse à outils. Ici ? Au milieu des terres brûlées, des cultures en escalier et des oliviers centenaires ? Elle planta un clou avec précision malgré son esprit un peu déconcerté, puis un deuxième pour consolider le chambranle de la porte. Juste avant d'enchaîner sur le troisième, elle entendit d'abord l'aboiement bref du chien puis un appel légèrement interrogatif : « Il y a quelqu'un ? » Elle pivota en direction du portail. Il était là, derrière la barrière. Jean-Marie Bertini-Beaufort lui-même, en grande tenue de randonnée, bermuda et T-shirt en matériau technique, comme ils disent, chaussures de marche, sac à dos, casquette sur la tête et sourire aux lèvres. Il ressemblait à une publicité de vitamines pour seniors. Pas ceux qui ont du mal à joindre les deux bouts avec leur petite retraite, non, ceux qui plongent, surfent ou skient sans douleurs articulaires. Une gueule de couverture de magazine, l'allure qui lui avait fait décrocher Isabelle Beaufort et le train de vie qui allait avec. Il aurait sûrement détesté qu'on le classe dans les seniors.

France enleva ses gants et les glissa avec le marteau dans la poche de son pantalon de charpentier. En quelques enjambées, elle lui fit face. Elle avait toujours été plus grande que lui de quelques centimètres.

« Salut, France, tu me reconnais ? »

Elle hocha la tête.

Elle avait toujours été taiseuse aussi.

« Je passais par là, je fais une randonnée jusqu'au refuge des Deux-Croix, là-haut. Tu vois où c'est ? Bien sûr que tu vois où c'est, tu habites ici. Alors je me suis dit que c'était une occasion de venir te voir. Depuis le temps… »

France hésita imperceptiblement, puis le sens de l'hospitalité prit le dessus. Si elle n'avait jamais aimé Jean-Marie quand il s'appelait encore seulement Bertini, elle n'allait pas laisser le randonneur Beaufort sans lui offrir un verre d'eau et un peu d'ombre par cette chaleur. Elle ne l'invita pas à l'intérieur mais lui désigna la petite table à l'abri sous la tonnelle avant d'aller chercher carafe et verres. Il ôta sa casquette et prit place. Le chien vint le renifler prudemment.

Bertini-Beaufort parla beaucoup et longtemps. Il faisait partie de ces gens pour qui le monde ne pouvait tourner qu'autour d'un seul axe : leur propre nombril. Ignorant le regard totalement indifférent de France, il déroula sa vie depuis son départ du village : la capitale, les études de commerce, la rencontre avec Isabelle, les excellentes idées marketing qu'il avait développées, le mariage, l'ascension sociale, le premier enfant, l'entrée en Bourse, le second, la résidence secondaire à Megève, les vacances à Saint-Barth et puis soudain, peut-être l'effet de la cinquantaine, cette envie folle et irrépressible de revenir ici, aux sources, au village, et de participer à l'essor économique de la région parce que tout cet argent, vois-tu, il faut lui donner du sens, et les gens d'ici méritent d'en recevoir une part. Le ruissellement, France, le ruissellement, tu vois, c'est ça.

France l'observait sans rien dire. D'ailleurs il n'avait sollicité aucune réponse de sa part. Elle détaillait ses vêtements coûteux adaptés aux climats extrêmes qui minimisaient les effets de sa transpiration, son bouc bien taillé, ses dents blanches redressées depuis l'école primaire, peut-être depuis son mariage princier. Il faisait de grands gestes pour appuyer ses propos. Elle ne comprenait pas pourquoi il semblait tellement tenir à la convaincre du bien-fondé de son projet ; après tout, elle n'était qu'une ancienne camarade de classe : il avait juste réussi à lui arracher un baiser en fin de dernière année avant de déménager en ville. Elle n'était qu'une future voisine de son complexe golfique, une minuscule voisine, propriétaire d'une petite parcelle qui n'alignait qu'un potager pour son autonomie alimentaire et quelques agrumes pour la vente des fruits. Mais il semblait en mission, presque exalté, il arrivait à prononcer de grands mots malgré la chaleur :

développement économique, investissements, tourisme exclusif, embauche de personnel local…

À la troisième répétition de son mantra « *Je vais créer des emplois* », elle sortit le marteau de sa poche et, toujours sans un mot, lui en assena un coup puissant à la tempe.

Jean-Marie Bertini-Beaufort s'écroula sur la table, du sang et de la matière blanche surgissant du côté de sa tête. France se leva et frappa à nouveau, la force du coup amplifiée par sa position debout. Le crâne se fractura une nouvelle fois. Elle toucha la carotide. Plus rien, elle l'avait su immédiatement, mais il fallait vérifier. Elle se rassit au fond de sa chaise et attrapa son verre d'eau. Et maintenant, quoi ? Elle but à petites gorgées, les yeux fixés sur la tache gluante qui s'étalait. Lorsque le verre fut vide, elle enfila ses gants.

D'abord limiter les dégâts du sang avec un sac-poubelle pour emballer la tête, nouer le lien autour du cou puis repousser le corps sur la chaise. Bertini-Beaufort ressemblait à un pantin soûl. Saisir un torchon et du produit pour nettoyer la table. Utiliser un seau d'eau de stockage pour rincer. Attraper le pantin sous les aisselles.

Sa stature athlétique combinée à ses travaux quotidiens à la ferme lui permit de traîner sans encombre Bertini-Beaufort derrière la maison. À l'ombre du mur de pierres sèches, elle déshabilla l'entrepreneur puis tira le corps vers la maison des cochons qui se réveillaient de leur somnolence en reniflant une odeur enivrante. Elle ouvrit la porte, traîna Jean-Marie sous l'auvent et enleva le sac-poubelle : « Emmanuel, Marine, les enfants, à table ! » Le verrat, la truie et les sept porcelets se levèrent dans un même élan, le sang agissant comme un philtre puissant. Marine fut la plus rapide à se saisir d'une oreille ensanglantée. En quelques secondes, toute la famille se rua sur le festin inattendu. France referma la porte au milieu des grognements et des bruits de mastication.

Elle laissa le T-shirt ensanglanté de côté, récupéra le reste des affaires de l'homme d'affaires et les enfouit dans le sac à dos ultraléger. Dans la poche latérale prévue à cet effet, le téléphone portable. Bien que retirée dans son bout de terre isolée, France n'en était pas moins au courant des techniques policières, du moins celles étalées à longueur des téléfilms qu'elle engloutissait le soir venu. *Le téléphone a borné à la ferme*. C'est ce qu'elle imaginait que donneraient les premiers éléments de l'enquête quand Isabelle Bertini-Beaufort aurait signalé à la gendarmerie la disparition inquiétante de son mari.

Elle alla chercher ses sacoches, l'une pour le sac à dos, l'autre pour ses deux gourdes, et siffla quelques notes familières. Marius et Jeannette, les deux ânes, arrivèrent lentement. Elle leur gratta doucement le museau. Elle avait besoin d'eux pour continuer, non pour porter sa charge, ça elle en était capable toute seule, mais pour jouir de leur compagnie douce et amicale sur le chemin. Elle fixa les sacoches sur le dos de Marius.

« On part en promenade, les amoureux ? Le refuge des Deux-Croix, ça vous dit ? Je sais que par cette chaleur, ça paraît un peu fou de partir maintenant, mais il faut balader un téléphone. » France n'était loquace qu'avec les animaux.

Sur le chemin caillouteux qui montait au refuge, elle ne croisa personne. Bien sûr ! Qui aurait eu l'idée de randonner sur un sentier dépourvu d'ombre sous un soleil qui semblait plus brûlant à chaque minute ? À part un promoteur très confiant ou une meurtrière très déterminée... Se calant sur le pas tranquille des ânes, France laissa son esprit vagabonder. *Un complexe golfique*. Pendant tout le discours enflammé de son futur voisin, elle avait calculé.

Deux cents hectares. Combien d'arbres centenaires arrachés pour laisser place à deux bâtisses de béton ? La quasi-totalité. Bertini-Beaufort avait déjà dû repérer les éléments qu'il épargnerait pour « garder toute l'authenticité du lieu » : quelques pins parasols, un ou deux oliviers, peut-être un mûrier pour faire de l'ombre à la terrasse du restaurant. Mais les chênes, les frênes, les charmes, les cistes, les genêts, les euphorbes, le romarin... Les ronces allaient disparaître. Quel entrepreneur dynamique s'arrêterait devant la beauté nécessaire des ronces ? Les antiques murets de pierre, souvenirs d'un temps où l'homme ne forçait pas la nature, détruits pour aplanir le terrain et les routes qui y mèneraient. Explosés par les engins de chantier, les roues énormes qui écraseraient tout, aplatissant, tassant la terre, l'étouffant, avant de l'achever et de la faire disparaître sous des couches de bitume et de béton.

Un héliport. Il avait mentionné un héliport. Pour déposer la clientèle rebutée par la route de semi-montagne. Des rotations à toute heure depuis l'aéroport de Nice, le port de Cannes ou la principauté de Monaco.

Deux piscines. Creusées comme une infection bactérienne sous la peau. « Pas olympiques bien sûr, mais un bassin de nage de trente mètres de long et une oasis de fraîcheur de cinquante mètres carrés. » Plus de deux cents mètres cubes d'eau. Chlorée ou salée, peu importe. Uniquement dédiée à la détente d'une poignée de *Beautiful People*.

Mais le complexe golfique, c'était essentiellement un golf haut de gamme. Bertini-Beaufort avait été assez précis là-dessus : soixante-cinq hectares de pelouse verdoyante pour recevoir les dix-huit trous du bonheur. Soixante-cinq hectares arrosés quotidiennement.

Cinq mille mètres cubes d'eau.

Par jour.

C'est quand elle avait compris que cette quantité représentait la consommation d'une ville de douze mille habitants que France avait attrapé son marteau.

Arrivée au refuge des Deux-Croix, elle attacha Marius et Jeannette sous un arbre, leur donna l'eau de leur gourde délicatement versée dans le creux de sa main et les laissa brouter dans les buissons pendant qu'elle vérifiait que la minuscule baraque était vide. Deux lits superposés dans le fond, une petite table, deux chaises, une cheminée, rien d'autre. Un refuge, quoi. Elle remit ses gants et sortit les vêtements de Bertini-Beaufort pour les étaler sur le lit du bas, short et sous-vêtements qui, espérait-elle, portaient des traces d'ADN – elle se souvenait que les inspecteurs du petit écran en étaient particulièrement friands. Elle appuya plusieurs secondes la casquette sur l'oreiller, espérant que des cheveux ou des résidus y resteraient collés. Elle enfila même les chaussures du mort pour exécuter plusieurs allers-retours dans la pièce, en poussant le soin jusqu'à effectuer un dernier trajet du lit vers la porte avant de les enlever. Puis elle s'assit et vérifia le reste du sac à dos : une gourde sophistiquée, un portefeuille, un chargeur, des barres protéinées, de la crème solaire. La randonnée n'était pas prévue pour durer longtemps. Elle saisit le téléphone dans la poche latérale. Suivant toujours les instructions de la télé, elle l'ouvrit, enleva la carte SIM qu'elle plia plusieurs fois pour la détruire. *Le téléphone a borné au refuge puis s'est éteint définitivement.* Elle récupéra les vêtements sur le lit pour les remettre dans le sac avec le reste du barda. Avant d'y ajouter la gourde, pour ne rien perdre, elle en transvasa l'eau dans celle des ânes. Tout en réenfilant ses chaussures, elle vérifia d'un coup d'œil que tout était en ordre : un refuge vide avec une chaise mal rangée et un oreiller légèrement enfoncé, de la poussière déplacée. À l'examen, on trouverait l'ADN de Bertini-Beaufort et ses traces de pas. On trouverait sans doute la même chose pour elle, mais elle, elle y venait régulièrement.

France emprunta le sentier des chèvres à travers la garrigue pour rentrer chez elle, limitant ainsi le risque de croiser quelqu'un au retour.

Devant son four à bois, elle hésita. Toute cette matière plastique allait y laisser une odeur tenace qui ne partirait pas avant plusieurs fournées. Les chaussures, surtout, allaient prendre du temps à se consumer. Mais c'était le seul moyen. Elle déposa d'abord les planches de la table de la tonnelle qu'elle avait démantelée pour la faire disparaître elle aussi, quand elle avait repensé aux produits qu'utilisaient les experts audiovisuels pour trouver des traces de sang. Quand le feu eut bien pris, elle enfourna vêtements techniques, sous-vêtements en coton et chaussures de randonnée neuves, suivis par le contenu du portefeuille et le sac à dos lui-même. L'odeur fut rapidement épouvantable, mais il n'y avait qu'elle à des kilomètres à la ronde pour reculer en fronçant le nez. Le téléphone et la gourde furent méthodiquement détruits à coups de marteau. Elle disperserait les débris au fond de ses poubelles, au milieu des détritus qu'elle ne pouvait recycler et qu'elle apportait une fois par semaine dans la benne du village.

Complètement en nage, elle retourna à la cuisine pour s'éponger avec un torchon. Il était bientôt midi, elle avait faim. Elle attrapa un couteau ainsi que trois pommes de terre et s'assit devant le journal toujours déployé en page 3. Avant d'entamer l'épluchage, elle jeta un coup d'œil à la photo. Les cochons ne laisseraient que les cheveux et les dents. Elle trouverait bien un moyen de s'en débarrasser. Les premières épluchures tombèrent sur le visage imprimé de Jean-Marie Bertini-Beaufort, entrepreneur dynamique et randonneur imprudent.

L'homme qui voulait ruisseler.

Le voleur d'eau.

Printemps

Le châtiment de l'eau

Maureen Martineau

La vie, t'as beau te l'imaginer, c'est jamais celle que t'attends. Moi, je voulais juste que le destin m'oublie. Faire mon temps de vivante en Madame tranquille avant de lever les pattes. À l'heure où je vous parle, je suis dans la salle d'interrogatoire du poste de police à Notre-Dame-du-Lac. C'est pas une place où t'as envie d'être. Les murs sont sales, le plancher tout crotté. Et les microbes des autres criminels, il doit y en avoir partout : sur les barreaux de la chaise, le dessus de la table. La survie, c'est de rester debout, même si mes jambes me portent pus. Dix minutes. C'est le maximum que j'peux tenir sans m'asseoir. Un problème de circulation. J'prends des pilules pour ça. On est partis tellement vite, j'ai rien emporté.

Ils sont venus me chercher à sept heures à matin chez nous. Je dis sept heures, mais difficile d'en être certaine, le jour était sombre comme la nuit. Un ciel mauve. J'avais jamais vu ça. C'en était presque beau. Comme une promesse que tout allait être lavé par le déluge. Quand ma sœur va voir ma grosse face dans les journaux, elle va *freaker*. Élise, qu'elle s'appelle. Tsé, Élise comme élue, la « choisie ». Moi, c'est Marie-Marthe, comme « Marie-marde », la plus jeune, la plus tarte, la plus tranquille de la famille. Tellement tranquille qu'on oublie qu'elle est là. Celle qui s'est jamais trouvé de mari. Celle qu'on pensait encore vierge en dessous de ses replis de gras. Aujourd'hui, Marie-marde la plate, la pas-de-vie, ben, elle a enfin pogné un premier rôle. Dans un film d'horreur qui se raconte pas, qui peut pas avoir existé, surtout pas chez nous, à Auclair, au Témiscouata, une région qui fait jamais parler d'elle.

J'avais réussi à m'effacer de la carte en m'installant au bout du rang du Lac, là où le chemin perd son nom. Comme coin perdu, cherche pas, t'as pas mieux. C'est ma place. Le cul-de-sac du monde, d'un monde qui m'aime pas, qui m'a jamais aimée.

Il pleuvait en fou depuis cinq jours. Ça passait pus sur la 295 entre Auclair et Lejeune. Même le rang était devenu impraticable à la hauteur du camping. On était une dizaine de résidents isolés par des rideaux de pluie que la terre crevassée par la sécheresse pouvait pus absorber. Du jamais vu dans l'coin. J'avais pas dormi de la nuit. Ben dur de fermer l'œil avec un fleuve large comme une rue qui coule devant ta porte d'entrée. C'est surtout le bruit qui m'empêchait de bouger. Pas celui des hélicoptères qui survolaient la zone, mais celui des averses. C'est fou comme ça cogne dur des trombes d'eau qui fouettent la taule.

J'avais décidé de pas déroger à mon ordinaire. Une façon de faire fuir la catastrophe en m'en désintéressant. C'était un mardi, j'avais mon lavage à faire, j'ai mis une brassée. J'étais en train de plier des camisoles de bébé quand j'ai remarqué le dégât par la fenêtre. Je plie toujours en regardant dehors. Une habitude. Parce qu'il n'y a pas grand-chose à voir, des arbres, des arbres et des arbres. Même pas un coin de ciel pour me dire si je peux étendre ou pas.

Je suis restée figée. Les bouleaux baignaient dans l'eau, l'air de s'accrocher à leurs racines. Pas de fondation, ma maison mobile tiendrait pas le coup, c'est sûr. Toute ma vie allait être ennoyée. Comme un reflux d'égout, l'inondation risquait de faire remonter mon passé au grand jour. Je me suis étiré le cou à la fenêtre pour voir mon cabanon. Un glissement de boue avait forcé la porte. Mes outils de jardin flottaient à la dérive, les boîtes de carton aussi, que je rangeais là précieusement depuis des années. Ça pressait, fallait que je sorte, que j'aille barricader la porte. J'avais beau me dépêcher, mes pieds enflés entraient pus dans mes bottes de caoutchouc. Même assise, avec le tour de taille que j'ai, je dois y aller à l'aveuglette. Dans l'énervement, j'y arrivais pas. C'est à ce moment-là que j'ai entendu le vacarme des hélices.

La fin, on a beau s'y attendre, on n'est jamais vraiment prête. Juste deux agents, pas de sirène de police. J'savais qu'on allait me coffrer un jour, mais pas comme ça, en plein déluge. À croire que mon crime était aussi apocalyptique que la grande inondation d'Auclair. Certains diront « pire ». Je suis demeurée à ma fenêtre à regarder l'hélicoptère se poser sur la butte d'un terrain pas loin. Pas une minute, j'ai eu le réflexe de fuir. Pour aller où ? Ça fait dix ans que j'sors pus. Quand j'ai besoin de quelque chose, j'fais livrer. Par Réal, mon seul voisin. Il habite à deux kilomètres de chez nous. J'ai même pus besoin de l'appeler, il connaît par cœur ma routine de commissions. C'est ma seule visite. Un vieux garçon, drette comme un clou. C'est lui qui s'occupe de rentrer mon bois pis des réparations. Y en a toujours à faire. Quand y en a pus, il finit par s'en trouver. C'est pratique un homme à portée de main, surtout quand t'es prise comme moi avec deux cent trente livres de viande sur le squelette. Comme disait ma mère, un homme, faut que ça serve ! Pour ça, il m'a ben servi.

J'suis pas fâchée que ce soit lui qui ait averti les secours. Pauvre ti-vieux. Il s'en remettra jamais. Tant pis ! C'était à lui de pas fourrer son nez là où y avait pas affaire. Il est arrivé en même temps que les polices à bord de son vieux Ford, de l'eau aux essieux. Il tenait une de mes boîtes qu'il avait réchappée au bord du chemin en venant me rendre visite pour voir si tout allait. Son grand doigt plein de nœuds leur montrait mon cabanon. Cinq minutes plus tard, les deux agents en ressortaient blancs comme des draps, en me fixant à travers la grande fenêtre embuée de mon salon. Moi, j'avais pas arrêté de plier. Je voulais terminer mon ouvrage parce que je le savais que tout serait fini dans pas long.

T'aurais dû voir la tête du policier quand je lui ai demandé la permission de faire un tour aux toilettes avant de les suivre au poste. Une grande échalote, peignée en enfant de chœur. Il a regardé son chef, une espèce de ventru moustachu, l'air de pas trop savoir s'il devait m'accompagner. Y ont pas été chiches, ils m'ont laissée faire un petit pipi toute seule. En activant la chasse, je suis restée debout à fixer le tourbillon du drain. Ma vie comme je la connaissais s'en allait aux chiottes. Ma petite vie tranquille que je m'étais fabriquée dans mon *mobile home*, mon petit bonheur d'assistée sociale, tout allait se faire broyer d'un coup. J'allais pus jamais dormir dans mon lit *queen*. J'allais pus jamais...

« Laissez-moi juste deux minutes encore. J'ai affaire dans la remise », que j'ai demandé en panique au chef en sortant.

Il a serré les dents et m'a attrapé par le bras.

« Vous êtes vraiment malade ! Suivez-moi, madame. »

Ils se sont mis à deux pour me rentrer à l'arrière de l'hélico. Mes fesses passaient pas, ils ont été obligés d'avancer le banc avant. Moi, je me débattais et je criais :

« Vous avez pas le droit de me les enlever. Sont à moi, rien qu'à moi. »

Juste avant que l'appareil décolle, Réal s'est reculé. Il me dévisageait, la falle basse, comme si j'étais une extraterrestre.

« Oublie pas de barrer en partant, que j'y ai crié. Pis passe nourrir Frizoune. Faut y racheter des croquettes. Tu sais où trouver l'argent. »

Frizoune, c'est ma chatte. Elle va se demander où je suis passée. J'aurais dû dire à Réal de l'amener chez eux. Il me doit ben ça, pour m'avoir dénoncée. Je le sais pas si on peut recevoir des visites d'animaux quand on est en dedans ?

Malgré les rafales qui nous faisaient tanguer, j'ai même pas eu peur, trop occupée à brailler ma peine. Une heure de morvage, pas une maudite boîte de Kleenex. La SQ est vraiment pas équipée.

Même ici, dans la salle d'interrogatoire où je poireaute, y a pas un seul verre d'eau. L'inspecteur est reparti sans me demander si j'avais soif. Mais là, c'est surtout d'aller aux toilettes qui presse. Pourtant si j'y suis allée y a pas longtemps.

Parce que tantôt, en arrivant au poste, l'envie de pisser m'a repognée. Pas facile d'aller au petit coin avec des menottes. L'enfant de chœur me les a enlevées, mais cette fois, il a laissé la porte entrouverte. Ça m'a pas dérangée, avec le tablier de ventre que j'ai, on voit rien. En sortant, j'ai glissé des bouts de papier toilette dans mon soutien-gorge. Parce que c'est sûr que j'allais me remettre à pleurer dès qu'ils me poseraient toutes leurs questions. J'ai jamais été bonne pour raconter.

Là, c'est mon histoire qui était sous les projecteurs. Il fallait que je trouve les mots pour décrire mes agissements. Mais ces mots-là existent pas, car ce que j'ai fait, personne l'a fait avant moi.

Quand il m'a interrogée tantôt, même l'inspecteur Méthot en revenait pas :

« De toute ma carrière, c'est l'affaire la plus sordide qu'il m'a été donné de voir, madame. Réalisez-vous toute l'horreur de ce que vous avez commis ? Va falloir que vous m'aidiez à comprendre ce qui s'est passé. »

Je voulais ben l'aider, mon beau détective, mais par où commencer ? J'ai finalement ravalé mon motton, pis, les yeux pleins d'eau, je lui ai avoué : « Huit, monsieur… Oui, huit… Je reconnais avoir tué mes huit bébés. » Y est tombé un gros silence entre nous deux avant que la prochaine question sorte de sa bouche. « Quand ? Euh… entre 2010 et 2024. Le dernier, Jérémie, est né en mai l'année passée. Comme pour les autres, aussitôt né, aussitôt mort, monsieur l'inspecteur. Ils ont même pas été vivants une minute. Pas vivants, pas morts dans le fond. Juste nés. Arrêtés d'être nés avant de commencer à respirer. J'ai toujours ben fait attention de bloquer leur premier respir. Pour la délivrance, j'm'arrangeais toute seule. Quand ça commençait à pousser, j'm'allongeais dans mon lit. Une fois qu'il était sorti, je plaçais le paquet sur mon ventre, enveloppé dans une serviette. Je pressais sur son cou. Quand j'étais certaine qu'il bougeait pus, je coupais le cordon. Jamais avant. »

Là, j'me suis arrêtée parce que les yeux de Méthot roulaient dans leurs orbites. Il cherchait son air comme si c'était lui qui venait au monde. J'ai eu peur que sa chaise se renverse. Il s'agrippait au bord de la table qui nous séparait.

« Madame Belleau, pourquoi les avoir gardés dans un cabanon toutes ces années-là au lieu de vous en débarrasser ? »

Celle-là, je l'ai trouvée compliquée. C'est vrai que ça aurait été si facile de les brûler dans le poêle. Grosse comme je suis, personne a jamais su quand j'étais enceinte. Pourquoi les avoir gardés proches de moi ? Pourquoi les avoir lavés, habillés, poudrés ? J'ai fixé l'enquêteur, la bouche ouverte. Y a rien qui sortait. J'suis pas assez connaissante des mots qui faut pour inviter le monde dans ma tête. Je suis allée au plus simple.

« C'étaient mes enfants, monsieur l'inspecteur. M'avez-vous vue ? Chus pas équipée pour m'en occuper. Fallait que je les délivre, mais y était pas question de les jeter aux poubelles. Les premières semaines, je gardais toujours le p'tit dernier dans mon panier à linge à côté de mon lit. Quand il commençait à puer, j'allais le coucher dans le fond du garage avec ses petits frères. Le pire, c'était l'hiver. J'arrêtais pas de penser à mes bébés, empilés en dessous de mon équipement de jardinage. Des fois, je me levais la nuit pour aller les abrier. Je voulais pas qu'y aient froid, vous comprenez. » Un autre gros silence. « Vous comprenez pas… je comprends. » Pis la fameuse question. « Avec qui ? Vous voulez dire le père ? J'ai jamais eu de mari. »

La face de Méthot s'est éclairée d'un coup. On aurait dit qu'il venait de faire un plus un. Il avait vraiment l'air soulagé. Content, même. Tsé, la face d'un gars qui vient de trouver le morceau de casse-tête qui manque.

« Madame, si on vous a fait du mal, il faut nous le dire. S'il s'agit d'un cas d'abus sexuel à répétition – il a insisté sur le mot répétition –, ça va jouer en votre faveur. »

Il s'est mis à écrire dans son petit carnet, en marmonnant « circonstances atténuantes » avant de relever la tête dans ma direction. Il y a deux minutes, il voulait me vomir dessus, là, il était prêt à tuer pour moi. Y avait plein de rage dans sa voix :

« C'est qui le salaud qui vous a fait ça ? »

Il s'est penché au-dessus de la table, a plongé ses yeux rassurants dans les miens. Il s'était mis dans l'idée de me défendre, mais c'était lui-même qu'il cherchait à sauver. Dans sa tête de police, fallait que tout crime ait un sens. Une gentille femme comme moi pouvait pas avoir tué sans raison.

« Vous ne devez pas avoir honte. Madame Belleau, avez-vous été abusée ? »

J'ai baissé les yeux. J'étais vraiment gênée. Je voulais pas mettre Réal dans le trouble. Il l'a jamais su. Il prenait son fun, c'est toutte.

« Moi pis mon voisin Réal, on avait… un genre d'échange de services, si vous voyez ce que j'veux dire. » Ses sourcils froncés me disaient que non, il voyait pas ce que je voulais dire. Il a repris sa plume en la pointant vers moi comme un micro plein de questions. J'voulais fondre. J'ai pas l'habitude de déballer ma vie, encore moins devant les étrangers. Après des années toute seule, je me perds dans des phrases trop longues. Surtout que là, pour y mettre ça plus clair, il fallait que je parle de sexe. J'haïs ça.

« Vous savez, moi, le cul, c'est pas mon fort, mais lui, ça lui faisait plaisir de tirer son coup une fois de temps en temps. Quand je mettais ma robe bleue, c'était le signal qu'il pouvait baisser son pantalon. On faisait ça vite, sur le divan, devant la télévision. Des fois, était fermée, des fois ouverte à cause de mes programmes. Aussi parce que je pouvais m'allonger les jambes par en haut, une fois qu'il était parti. »

Là, la face y a tombé. Sa belle théorie d'un abus venait de se briser en mille miettes. Sa plume lui a glissé des doigts et a roulé sur la table. J'ai eu envie de l'attraper pour pas qu'elle se ramasse par terre. Je me suis retenue. Il a joint les mains sous son menton comme pour une prière.

« Pourquoi, madame ? Pourquoi ?

— Les jambes par en haut ? Ben, euh... pour tomber enceinte. Pour être certaine de bien calculer, j'ai une robe par jour. La quatorzième du mois, c'est la bleue. »

C'est à ce moment-là que l'inspecteur Méthot est devenu blême pis qu'il est sorti. Ça fait déjà quinze minutes de ça. J'ai peut-être mal répondu. Tsé, quand on te pose une question pis que tu veux pas faire de fautes...

« Pourquoi, madame ? Pourquoi ? »

Crisse que j'ai envie de pisser. Je devrais peut-être sonner pour leur dire.

« Pourquoi ? »

Pour être enceinte. Toujours. Tous les jours. Être pleine. Être certaine d'être en vie parce que, des deux cœurs, y en a au moins un, tout petit, qui bat. Être ronde, pas parce que t'es grosse, mais parce que tu portes. Une âme t'habite. Pendant neuf mois, t'es pus toute seule. Si ça se pouvait, je serais enceinte le reste de ma vie.

La première fois, j'avais juste quinze ans. Des mois de bonheur à porter un petit être qui m'avait choisie, qui s'accrochait à moi. Mon bébé. Je l'ai jamais vue. Aussitôt née, ils me l'ont volée. Disparue de ma vie, comme morte. Moi aussi, je suis morte. On m'a arraché le cœur. Il me reste juste son nom. Adèle. Placée dans une famille quelque part au bout du monde. Je me suis sentie tellement vide. Depuis ce jour-là, y a un trou dans mon gros ventre qu'il faut que je remplisse.

Maudit ! Je me suis pissé dessus. Les dernières semaines, ça me fait toujours ça. J'm'échappe partout. Heureusement que j'ai du papier toilette.

Mais ce que je vous raconte là, vous gardez ça pour vous autres. J'y ai pas dit à l'enquêteur Méthot, que le neuvième était en route. Des plans pour qu'ils me provoquent et me l'enlèvent de force. Je veux lui voir la bette avant. J'ai tellement hâte ! Le plus beau moment de l'accouchement, c'est quand j'écarte les petites jambes potelées du nouveau-né pour y voir le sexe. Chaque fois, j'ai espoir que ce soit ma petite qui soit revenue. Ce coup-ci, je le sens que c'est elle. Je porte pas pareil. Enfin ! Après huit garçons ! Pus de serviette, pus de panier à linge. Juste ma petite Adèle, en cellule, avec moi.

Tu vas voir, ma belle, maman va te faire un nid tout chaud en dessous de sa robe. Personne va nous séparer cette fois-ci.

Lignes de flottaison

Ariane Gélinas

Neela se hissa sur la pointe des pieds, une main agrippée à la statue de madone délavée installée au sommet du promontoire. Plus haute qu'elle d'une soixantaine de centimètres, la sculpture donnait l'impression, à cause de son usure, que le bas de son voile avait trempé dans la boue.

Le sanctuaire déroulait les stations de son chemin de croix autour de la vierge, jusqu'en bas de la colline. Un sentier sinuait au fur et à mesure que l'on gravissait la pente lardée de rochers de grès bariolés et de plantes aux couleurs vives.

Du faîte de Lourdes-de-Blanc-Sablon, Neela apercevait un chapelet d'icebergs à l'horizon. Plusieurs montagnes de glace s'allongeaient, lointaines. D'autres fragments pétrifiés, beaucoup plus près, venaient fondre non loin du quai et des jetées de pierres du village, jusqu'à être réduits à la taille d'un glaçon. Çà et là, quelques cabanes colorées s'accrochaient à la roche austère aux abords des berges, chamarrées d'un lichen combatif. Plus en retrait du cours d'eau, s'étalaient les maisons rectangulaires aux toits en pente, à dominance ocre.

La chasseuse d'icebergs recompta les spécimens : près de vingt-cinq ce matin. Cette fin de printemps était exceptionnelle : jamais elle n'avait vu autant d'icebergs aussi massifs à la dérive. En début d'année, le réchauffement climatique avait sévèrement entamé l'inlandsis du Groenland, duquel les amas se détachaient par grappes. Pour elle, c'était toujours une aubaine. À maints égards.

Neela ajusta son appareil photo afin de capturer des plans panoramiques. Le quai de la communauté zigzaguait au sud, affaissé sous les bateaux de pêche et la machinerie, peu touristique, contrairement à celui de Blanc-Sablon, qui accueillait le traversier de Terre-Neuve et bon nombre de cargos.

Demain, elle photographierait de plus près plusieurs spécimens, au cours de la balade sur le fleuve prévue avec un couple de touristes. Elle offrait le service de manière privée, de bouche-à-oreille, uniquement aux gens réellement intéressés par les montagnes de glace. Loin d'elle la volonté de traquer les dos de baleines et d'expliquer la mue des colonies de phoques.

La quinquagénaire laissa le vent et la quasi-absence de bruit la cingler en haut du promontoire. Son visage se tendit vers le ciel gris clair, ses courts cheveux noirs hérissés par les bourrasques. On mettait du temps, en Basse-Côte-Nord, à s'accoutumer au silence du Bouclier canadien. Les nuits, surtout, avaient une texture unique. Comme si l'épais manteau de roches assourdissait, *absorbait* les sons les plus persistants. Ne les renvoyait pas, ou si peu, en surface.

Deux ans après son déménagement à Lourdes-de-Blanc-Sablon, après ses travaux communautaires, Neela commençait à s'habituer à l'acoustique de l'endroit. Riait de la jeune chasseuse d'icebergs qu'elle était jadis, croyant que les amas de glace pouvaient, dans l'extrême-est du Québec, se déplacer à toute vitesse.

Lourdes-de-Blanc-Sablon était parfaite pour se lancer « à la poursuite des monts mouvants ». Bien sûr, c'était plus effervescent à Bonavista, dans la province de Terre-Neuve; plus de la moitié des passionnés alimentant le site IcebergFinder s'y trouvait. Mais la communauté ne négligeait pas, au contraire, sa contribution plus excentrée. Et il ne fallait pas oublier que l'Iceberg Alley, bien que prenant naissance au Groenland, se fragmentait en deux routes en parvenant à la hauteur du Labrador : l'une en direction de Terre-Neuve, très touristique, et l'autre ici, aux confins de Blanc-Sablon... beaucoup plus paisible. Quoique monumentale à sa manière.

L'émotion submergea de nouveau Neela devant la variété des spécimens en ce 18 juin. Elle resserra son manteau – bleu, comme le cœur des icebergs – contre sa lourde poitrine.

Il y en avait de toutes sortes : des biseautés, des tubulaires, des pointus, des érodés et même des dômes, monticules récemment basculés sur leur socle.

Et sous la surface... presque quatre-vingt-dix pour cent de la montagne se déployaient.

De caractère réservé, Neela avait toujours apprécié la nature énigmatique, pour ne pas dire pudique, des icebergs, qui voilaient la plus grande partie de leurs formes sous les vagues, en dessous de la ligne de flottaison.

Ce qui s'y dissimulait pouvait surprendre : c'était risqué de s'approcher des géants de glace sans préparation : des strates – les sarrasins – s'en détachaient sans prévenir. Volumineuses. Acérées. Et magnifiques.

Elle repensa aux nuances chatoyantes des icebergs, azurées à l'image de son prénom, qui signifiait « bleu » et l'avait prédestinée à son passe-temps, après qu'elle eut erré dans la contrebande. Parfois, Neela avait repéré des teintes orangées et plus verdoyantes, traces d'algues immobilisées au creux des carapaces miroitantes. Ou des coloris davantage cuivrés, strates de terres souvent anciennes, antédiluviennes.

La chasseuse d'icebergs aimait deviner les histoires que chacun de ces géants avait à raconter, en général beaucoup plus paisibles que les horreurs échangées par les prisonnières en cellule. Prudemment, elle approchait les montagnes mouvantes à bord de son Zodiac. Puis elle tendait l'oreille, captait leurs bruissements dans le silence des pierres épaisses. Leur voix faisait partie du bouclier.

De nouveau, elle avait demandé aux icebergs de servir de camouflage, de cheval de Troie. Ils pouvaient bien abriter, dissimuler une cargaison quelque temps, n'est-ce pas ?

Elle ne devait plus attendre : cette année, il n'y aurait pas davantage d'icebergs devant le village qu'en ce moment précis. Ils étaient à leur summum.

Après sa balade de demain, Neela aviserait.

*

« La glace de ces icebergs date vraiment de plusieurs siècles ? »

La femme du couple de touristes sexagénaires, Maryse, moins versée en glaciologie que son conjoint, tourna un visage interrogateur vers Neela, emmitouflée dans sa veste de sauvetage et son survêtement imperméable, tous deux plaqués contre son corps potelé.

« Tout à fait, répondit posément Neela, debout avec eux à l'arrière du Zodiac aux moteurs éteints. Les icebergs des environs du détroit de Belle Isle viennent de l'inlandsis du Groenland. Il s'est formé au centre de l'île pendant une période de glaciation importante. Car le Groenland a connu des siècles plus tempérés par le passé…

— De là le nom de *Green*land que les Vikings lui donnaient jadis », énonça Marcel, petit homme chauve et grassouillet, à l'intention de son amoureuse.

Les ganses de sa veste de sauvetage gigotaient autour de lui tandis qu'il regardait l'horizon.

« Vous voyez une différence ces dernières années avec le réchauffement climatique ? » demanda-t-il à Neela.

Il paraissait soucieux.

« Énormément. Les icebergs défilent plus longtemps. Parfois jusqu'en septembre… On en repère de plus en plus après la fin de l'été. Ils sont vraiment abondants cette année. La calotte glaciaire fond à un rythme inquiétant dans l'Arctique. »

Neela laissa filer un rire nerveux. Cette manne de montagnes de glace lui était utile pour son trafic. Leur trafic. Cette visite en mer avec le couple était toute désignée afin qu'elle puisse vérifier le bon état du « spécimen voyageur ». Un bloc de glace en forme d'oiseau aux ailes à demi ouvertes, perché au-dessus de son nid transi. Un iceberg de taille modeste, dont la singularité permettait de l'identifier aisément sans être assez extravagante pour que l'ensemble des bateaux de touristes veuille l'approcher.

Le couple ne semblait pas déçu de voir de près l'oiseau de glace flottant, marqué sur son flanc de peinture verte pour en faciliter le repérage. Un camouflage qui évoquait les algues que charriaient souvent les mastodontes.

« Il a des angles étonnants, commenta Marcel.

— Et des teintes magnifiques, qui sont tout le temps en train de changer…, ajouta sa conjointe en se rassoyant sur l'un des bancs inconfortables du Zodiac, ses joues rondes rougies par le froid du large.

— C'est le soleil qui provoque cet effet-là; ça et l'usure des glaces », précisa Neela, plissant les yeux pour mieux voir. Le plus beau bleu qui soit.

Lucratif, aussi.

Sa cliente farfouilla dans ses poches pour s'emparer de son téléphone cellulaire afin de photographier le spécimen. Toujours debout, son amoureux lui prit le bras pour s'assurer qu'elle ne chavire pas.

Neela sortit elle aussi son téléphone pour documenter auprès de ses complices le déplacement de l'iceberg de contrebande.

Elle visualisa l'*insertion*, avec une sorte de harpon-pic à glace mécanisé, du chargement de drogue à l'intérieur du spécimen. Jusqu'à ce qu'il arrive à bon port, plus à l'ouest dans l'estuaire du Saint-Laurent. Elle était avant tout une intermédiaire, une vigie, pendant cette « escale » sur l'Iceberg Alley du Groenland au Québec. Vigie qui recevrait un virement significatif pour avoir vérifié l'état favorable du chargement-cheval de Troie.

« Je vais vous montrer d'autres spécimens encore plus impressionnants, là-bas, lança Neela. Et vous expliquer le *vêlage* à notre prochain arrêt.

— La naissance des icebergs qui se détachent de la banquise mère, poursuivit l'homme d'une voix rêveuse, à l'intention de Maryse.

— Exactement, confirma Neela. Le spectacle va en valoir la peine, je vous le promets. Plus à l'est, j'ai repéré un iceberg en forme de dôme, puis deux tabulaires… Vous allez voir. Restez assis et n'oubliez pas de vous tenir. »

Neela ralluma les moteurs. Elle dirigea l'embarcation à gauche, dans la baie. Les vagues soulevèrent le Zodiac, comme si elles fouettaient le dessous du bateau avant de le hisser au faîte de leur crête, voulant le faire chavirer telle une main gigantesque qui se renverserait brusquement, doigts pliés.

*

L'agente Daigle réajusta ses jumelles sur sa cible : l'iceberg rappelait un oiseau avec une aile cassée. La montagne de glace mouvante s'effilochait au fur et à mesure qu'elle pénétrait dans les eaux de plus en plus tempérées du Saint-Laurent. Ici, devant le village coquet de Brador, maints monticules agonisaient, fondaient en direction des berges ou vers le fond du fleuve. Quelques-uns poursuivaient leur route à destination de la communauté suivante, Middle Bay ; cependant, ils n'étaient pas légion. Et Neela Rathav le savait, comme l'avait anticipé la policière.

Les lèvres plissées, elle essaya de deviner à quel endroit sur l'iceberg était dissimulée la cargaison d'héroïne. Mais elle était trop loin, sans compter que le chargement ne pouvait être visible à distance afin que le cheval de Troie flottant soit fonctionnel.

L'agente Daigle était pourtant assez convaincue de ses pronostics. Depuis des semaines, elle épiait les faits et gestes de trois anciennes détenues de Saint-Jean-de-Matha, qui avaient fréquenté le même secteur du pénitencier. Elle avait eu ses premiers soupçons en constatant que le trio s'était, à la suite de sa libération, installé en territoires polaires concomitants : Oda au Groenland, Neela à Lourdes-de-Blanc-Sablon et Lison à Brador. Elle avait fini par comprendre le lien avec l'Iceberg Alley en s'intéressant de plus près à Neela Rathav : toutes trois avaient déménagé, pour leur trafic, sur le parcours qu'empruntent les montagnes de glace mouvantes, du Groenland au village de Brador, en passant par « l'escale » de Lourdes-de-Blanc-Sablon. Neela Rathav paraissait avoir développé une réelle passion pour les icebergs au fil des mois, au point d'offrir ses services d'apprentie glaciologue à des touristes et de contribuer massivement au site IcebergFinder – ce qui permettait d'en savoir davantage sur ses déplacements. Mais dans le cas d'Oda et de Lison, elle était moins persuadée de leur attrait pour les mastodontes, hormis que Oda, métisse inuite, avait sans doute choisi Nuuk, la capitale groenlandaise, pour renouer avec une partie de sa famille, perdue de vue depuis ses délits à Montréal.

L'agente Daigle fit quelques pas vers sa voiture de service, les jambes un peu ankylosées. Elle consulta sa montre : dix-huit heures trente. Elle rentrerait encore tard, Mathis s'occuperait seul des enfants – souper, devoirs, bain, heure du conte –, le lui reprocherait lorsqu'elle se glisserait entre les draps chauffés par son corps. Ce n'était pas sa faute si, commissaire d'exposition de profession, il pouvait travailler plus souvent à la maison. Et puis c'était Mathis qui avait insisté, malgré leurs quarante ans, pour avoir un troisième enfant. Le petit Léo dont l'accouchement l'avait tant épuisée…

La culpabilité l'envahit néanmoins. L'agente Daigle laissa ses toxines se disséminer en elle. Elle en était convaincue : dans un instant, Lison viendrait récupérer le chargement. Alors, ce serait le moment d'agir. De demander des renforts. Sinon, la drogue ferait des ravages parmi les adolescents de Vieux-Fort, comme la semaine précédente avec ce garçon de treize ans mort d'une overdose, là où la route 138 cessait. Sans panneau indicateur, le tronçon s'achevait, avant de reprendre beaucoup plus à l'ouest à Kegaska, à des centaines de kilomètres à vol d'oiseau. D'ici quelques années, la route 138, complétée, s'ouvrirait vers le continent, favorisant encore plus le transport de substances illégales.

L'héroïne s'était raréfiée depuis la pandémie, mais surtout elle était devenue de qualité moindre, plus fortement délétère.

Il fallait agir. Sans attendre. Arrêter Lison – auparavant vendeuse de drogues dans la métropole – et lui faire avouer officiellement le nom de ses deux complices. Oda, la plus *geek* des trois – fraudeuse et hackeuse –, et Neela – cambrioleuse récidiviste –, la championne des interventions par chevaux de Troie.

Ce serait bientôt le moment.

Le Zodiac de Lison zigzaguait au cœur de la baie, s'approchait de sa cible aux deux tiers fondue lors de son passage sur l'Iceberg Alley.

L'agente Daigle reconnut l'ancienne détenue à l'aide de ses jumelles, ses cheveux rasés, les tatouages qui torsadaient dans son cou et son visage, son nez en bec d'aigle – renvoi à l'iceberg en forme de volatile disloqué.

Elle tenait le volant de l'embarcation à deux mains, bien droite, comme si elle doutait de ses capacités de capitaine. Elle aurait l'occasion de les remettre en question en cellule. De se réorienter, la policière l'espérait, vers la légalité. Mais après toutes ces années de service, elle n'était pas sans cynisme.

L'agente Daigle appela des renforts avec une pensée coupable pour sa progéniture, qui se passerait de nouveau de son heure du conte version maman.

*

Oda pianota nerveusement sur les touches du clavier de son ordinateur portable. Réactualisa une énième fois sa boîte de réception, ouverte en mode « privé ». Toujours aucune nouvelle de Lison. Le chargement était pourtant tout près de Brador. Selon la balise qui géolocalisait l'iceberg et sa précieuse cargaison, le mastodonte de glace, quoique de plus en plus amoindri, se trouvait non loin de la baie du village, à distance de Zodiac. Mais son acolyte basée au hameau n'avait pas confirmé sa position. Et la balise continuait d'émettre à partir de la même localisation; Oda avait mal aux yeux à force de fixer le point rouge.

La hackeuse détourna le regard vers la fenêtre de son bureau, repoussant ses longs cheveux noirs. De son perchoir au troisième étage d'un édifice à logements, au cœur de la baie de Disko, elle avait une vue intéressante sur le centre-ville de Nuuk et sur les eaux chargées d'icebergs, plus près des sarrasins que des imposantes montagnes de glace mouvantes. Le soleil de fin d'après-midi ricochait sur les nuances bleutées et changeantes, se perdait dans les eaux d'un azur quasi anthracite – toujours aussi glaciales; aujourd'hui, le thermomètre affichait six degrés.

Elle inspira en profondeur. Imagina les bourrasques glisser, sans entraves, parmi les glaces jusqu'à la toundra qui bordait la capitale groenlandaise. Neela lui manquait. Chaque jour.

À la prison de Saint-Jean-de-Matha, elles avaient partagé la même cellule, un lit – celui du haut –, pendant presque un an. Oda gardait des souvenirs contrastés de son séjour au pénitencier, sauf en ce qui concernait Neela: elle avait adoré s'endormir contre elle, ses bras enserrant sa taille. Caresser son corps crevassé par les batailles de rue, par les obstacles qui l'avaient blessée lors de ses fuites après des cambriolages, pendant ses courses contre les systèmes d'alarme et les gyrophares. Suivre les contours des tatouages ocre qui recouvraient son dos, descendaient en arrière de ses cuisses en un motif curviligne. La faire jouir avec ses mains, sa langue, ses doigts. Humer l'odeur épicée derrière son cou, comme un baume sur les jours arides de la geôle.

Neela semblait apprécier leur amitié, se montrait de plus en plus entreprenante dans ses caresses. Mais leur intimité avait cessé à l'extérieur du centre de détention. Comme si, pour Neela, leur relation avait été une parenthèse.

Oda sentit ses yeux s'embuer. Elle renifla en se disant qu'elles travaillaient au moins ensemble, sur les mêmes coups, ce printemps. Échangeaient, pour ce faire, régulièrement sur le Dark Web. Toutefois, tant et aussi longtemps que les chevaux de Troie transiteraient par l'Iceberg Alley, elles ne pourraient pas se voir. Ce serait trop dangereux. Surtout qu'à Brador, à une ou deux reprises, Lison avait cru être suivie.

La hackeuse tenait moins à Lison, c'était certain, mais en tant qu'ultime élément de la chaîne, responsable de la vente de l'héroïne sur le continent, sa place était cruciale. Peut-être qu'elles devraient revoir leur stratégie, toutes les trois. Mais Neela s'était tant éprise des montagnes de glaces mouvantes, au fil des mois écoulés à Lourdes-de-Blanc-Sablon, qu'Oda repoussait cette initiative.

Elle chérissait les instants où son ancienne compagne de cellule lui racontait ses observations de spécimens en dôme, dentelés, renversés... Commentait avec emphase ses photos du jour, des rires suspendus dans sa voix. Alors, Oda réentendait une parcelle d'elle qui l'aimait.

Une larme s'affaissa sur la lettre H du clavier. Oda l'essuya du revers du doigt. Laissa, par la fenêtre, la toundra groenlandaise se faire fouetter par les vents ascendants, les plantes colorées s'étirer vers les rayons. Les lueurs de juin se noyer dans la baie chargée.

Et toujours, la balise de géolocalisation demeurait inerte.

Oda se mordit les lèvres. Qu'est-ce que Lison attendait ?

*

Lison regarda autour d'elle avec méfiance. Pensa au couteau à cran d'arrêt dont elle ne se départait jamais. De nouveau, cette intuition qu'on l'épiait. Elle avait pourtant pris ses précautions, comme Oda l'avait recommandé. Ses suspicions l'avaient même retardée, le temps de se décider à laisser le Glock dans sa cachette avant de prendre la mer pour récupérer le chargement.

La quadragénaire amarra son Zodiac près du hameau de Belles Amours, les mains tremblantes, la nausée au bord des lèvres. Elle ne se ferait jamais aux prétendues joies navales, n'aurait en aucun temps le pied marin. Une chance que le contrat payait bien. Car, contrairement à Neela qui s'extasiait à propos des formes fluctuantes des icebergs et de leurs teintes célestes prétendument uniques, Lison était réfractaire à ce type de poésie. Gatineau lui manquait. Son fils et leurs chiens aussi. Elle se répéta que c'était temporaire : une ou deux saisons de plus pour convaincre les autorités qu'elle était rentrée pour de bon dans la légalité.

Elle tira sur la corde qui retenait le bateau au quai. Sauta du Zodiac. Sa glacière, lestée du chargement, la faisait pencher vers l'avant. Lison jura, encore plus déséquilibrée, puis fit quelques pas sur les planches usées du débarcadère.

Lison balaya les environs autour d'elle. Rien… si ce n'était…

Elle plissa les paupières en examinant les bateaux mouillant à proximité, quelques-uns pratiquement immobilisés au milieu de la baie. D'anciennes montagnes de glace achevaient de s'effriter entre les coques colorées, souvent rouges ou orange. Un voilier tendait son mât vers le ciel gris-blanc du printemps nuageux.

Des vagues s'affaissaient contre les poteaux de soutènement du quai, brisant le silence typique du bouclier. Et peut-être aussi…

Un glissement de cailloux ? Lison pivota brusquement.

Capta la réflexion furtive du soleil sur une surface lisse.

Des jumelles ! Elle avait eu raison de croire qu'on l'observait !

Mue par l'instinct de survie, elle s'élança vers la droite sans lâcher la glacière. Sa voiture se trouvait par là.

Elle serra les dents. Augmenta la cadence.

La personne qui la surveillait se redressa, dévoila son uniforme. Une policière en service.

Lison étouffa une plainte. Courut sur ses jambes amollies par maintes et maintes heures à visionner des *soaps* américains.

Sa main chercha son couteau à cran d'arrêt. Elle regrettait son Glock. Surtout que l'agente venait de dégainer son arme. Elle l'entendit crier dans son dos.

« Arrête-toi ! »

Ne l'écouta pas. À quelques mètres, sa Toyota patientait, déverrouillée. Elle s'engouffra côté conducteur. Activa le moteur.

L'autre pouvait tirer.

Quoique…

Elle ne le faisait toujours pas.

Lison ne s'interrogea pas davantage et appuya à fond sur l'accélérateur.

Sa voiture soubresauta. Puis se précipita vers l'avant, projetant des débris de gravier.

Elle augmenta la vitesse aussi rapidement que le moteur le permettait. Gagna la route 138 qui reliait les petites communautés de la Basse-Côte-Nord.

Dans son rétroviseur, une forme noire et blanche se rapprochait. Le véhicule de patrouille.

Lison pesta. L'agente l'avait prise en chasse.

Elle donna un coup de volant. La Toyota glissa vers la droite. Elle la ramena plus au centre de la voie.

Appuya de plus belle sur l'accélérateur.

À sa suite, la voiture de police s'engagea en direction est. Vers Lourdes-de-Blanc-Sablon. Puis le Labrador étendrait ses vallons. Mais avant, il y avait la *coulée de blocailles*.

Lison se fit la réflexion qu'elle aurait peut-être dû fuir dans l'autre sens. À tout le moins, dans le paysage nucléaire de la coulée, il n'y aurait personne. Ou presque.

Bientôt, sa voiture fendit le panorama d'avalanche façonné par le retrait de la plus récente glaciation. Aucun arbre n'y poussait. À leur place, roches et blocs erratiques se tenaient en équilibre précaire en haut des collines, qui évoquaient de fragiles précipices. Quelques voyageurs avaient orné de dessins certaines pierres de la coulée, d'autres, assemblé des inukshuks au sommet du paysage lunaire. Lison était consciente que des kilomètres similaires l'attendaient, parsemés de lacs peu profonds déposés entre les sédiments abandonnés du bouclier.

Impossible d'échapper à sa poursuivante ici, sur la seule route qui perçait la coulée de blocailles, à l'exception de rares sentiers de quads qui sinuaient entre quelques-unes des collines. Elle aviserait en atteignant Brador, voire Lourdes-de-Blanc-Sablon. Peut-être que Neela…

Mais à plus de 130 kilomètres à l'heure, sa vieille voiture renâclait.

Contrairement à celle de sa poursuivante, qui gagnait du terrain, de plus en plus visible dans le rétroviseur.

D'ici quelques minutes, si le moteur de la Toyota de Lison n'y mettait pas du sien, l'agente la rejoindrait.

La quadragénaire adressa des supplications à son véhicule usé, hésita à implorer un saint. Ses restes d'éducation catholique la retinrent, sachant qu'elle transportait de l'héroïne. La Vierge Marie n'aurait pas aimé cela.

Elle visualisa un instant celle du promontoire de Lourdes-de-Blanc-Sablon que Neela lui avait montrée avec éloquence lors de sa visite dans la capitale administrative de la Basse-Côte-Nord. Le voile de la madone semblait couvert de boue.

Elle regretta sa froideur envers Neela, qu'elle avait comme de coutume trouvée naïve. L'ancienne codétenue lui expliquait une par une les différentes stations du chemin de croix, leur signification pour les habitants du village. À Saint-Jean-de-Matha, c'était la compagnie d'Oda que Lison recherchait. Mais Oda n'en avait que pour son ingénue de Neela qui s'émerveillait de tout.

Le sommet d'une pente révéla le fleuve Saint-Laurent, qui charriait à l'horizon deux icebergs. À cette distance, ils donnaient l'illusion de tanguer sous le soleil grisâtre, comme l'asphalte dans les canicules.

La voiture de patrouille était presque sur elle. S'approchait du flanc gauche de la Toyota. Dans peu de temps, Lison le devinait, la policière lui bloquerait la voie, la forcerait à s'immobiliser. L'agente n'hésiterait plus à lui tirer dessus. Sans compter qu'elle avait sans doute eu le temps de demander des *back up*...

Poussée de côté dans un fracas de crissements de métal contre métal, la voiture de Lison glissa sur l'accotement.

L'ancienne prisonnière pressa sur l'accélérateur. Elle ne réussit qu'à provoquer un tangage analogue à son mal de mer récent et dut se résoudre à freiner de toutes ses forces.

Aussitôt la Toyota immobilisée, Lison gémit en appuyant son front contre le volant. Un bref instant. Il fallait qu'elle se montre combattante. Comme avant.

Après un geste d'hésitation, elle s'empara de la glacière. Ouvrit rudement la portière.

Elle se précipita hors de la voiture alors que le véhicule de sa poursuivante n'était pas encore immobilisé. Elle devait profiter des secondes au cours desquelles la policière enlèverait sa clé du contact, détacherait sa ceinture de sécurité…

Lison s'élança désespérément vers la coulée de blocailles à sa gauche.

Ses pieds s'enfoncèrent dans presque trente centimètres de lichen, non sans lui donner l'impression d'arracher une strate de terre ancestrale.

Des promeneurs n'étaient pas venus à cet endroit depuis une éternité. Les champignons lichénisés, ornés d'une teinte verdâtre pâle, avaient proliféré.

Mais déjà à sa poursuite, l'agente écrasait à son tour le tapis dense de lichen qui ralentissait son avancée.

Partout autour d'elle, l'ancienne prisonnière n'apercevait que des rochers gris foncé, parfois matelassés de mousse. Et ce vent, ce vent qui entrait dans le crâne comme un silence. Sans obstacle pour le retenir, si ce n'était, çà et là, les quelques blocs erratiques millénaires, suspendus dans l'espace du retrait des glaces.

Ils firent brusquement penser à Lison à des spécimens d'icebergs.

Figés, intacts de toute fonte annoncée.

Elle entendit la voix de Neela dans sa tête.

Tubulaires, en dômes, biseautés...

En trébuchant, elle atteignit le sommet d'une colline, que perçait une succession de rochers pointus. Un lac sans doute peu profond, aux eaux cobalt, réverbérait le reflet fade du ciel. Le vent glissait sur sa surface exempte de nénuphars. Seules quelques plantes basses et flamboyantes, typiques de la toundra, s'attachaient aux berges drainées.

Nulle part pour se cacher. Pas étonnant que cerfs et renards s'aventurent peu en ces terres si viscéralement dénudées.

Comment se dissimuler dans un espace vacant qui n'offre aucun abri ? Était-il possible de se *cacher à l'extérieur* ?

Pas de ligne d'horizon où se dérober.

La voix de l'agente s'éleva, barbouillée de vent.

« Lison Morin, arrête-toi. »

Les nerfs hachurés, Lison brandit au hasard son couteau devant elle, après avoir laissé tomber sa glacière. Fonça vers l'avant, les paumes pressées sur son arme comme si elle priait.

« Dernier avertissement, Morin. Jette ton arme et arrête-toi ! »

Une balle siffla.

Lison hurla, de la souffrance plein le corps. Chancela en s'affaissant sur une roche de la même taille qu'elle. Arracha un pan de tapis de mousse blanche dans son effondrement. Son couteau disparut dans la végétation, hors de portée.

L'ancienne détenue palpa la blessure à sa jambe droite. Le projectile avait traversé la toile de son pantalon, sur la face extérieure de la cheville. La plaie ouvrait sa meurtrissure rouge au sein de la toundra non moins écarlate. Un tracé linéaire.

Il fallait pourtant…

Se…

Des sirènes, au loin, en bas de la colline.

Les renforts rappliquaient.

L'ombre de sa poursuivante se mêla à celle du bloc erratique qui les surplombait, à la manière d'un aigle titanesque. En train de flotter à la surface d'une mer imprévisible.

Lison sentit son courage la déserter.

En gémissant, elle se traîna, les mains dans les cailloux, ses paumes écorchées à chaque mouvement. Les brandit devant elle à l'égal d'un étendard pathétique. De rédemption. À l'intention de l'agente dont elle implorait à présent la clémence.

Un vaste cri fleurit dans sa poitrine. Jaillit comme une avalanche.

Elle supplia la madone ou n'importe quel saint de lui venir en aide.

Le sol frissonna. Et frissonna.

La grande roche immobile depuis des siècles au-dessus d'elles bascula. D'une traite.

Elle les inhuma toutes deux dans une stèle commune, face à face. Broyées net sous la masse millénaire du rocher, comme en dessous d'un autel.

Pas le temps même d'un soupir. Ni pour l'agente de tirer.

Le vent ne réussit pas à se faufiler entre la mousse et l'impact.

La dernière image que Lison emporta fut celle d'une montagne de glace. Étonnamment tiède.

Ce qui est à naître

Michèle Pedinielli

Cette année, tout semble avoir changé.

Non pas la beauté irrégulière du littoral, rochers découpés et longues plages de sable, ni les odeurs du maquis, si particulières au printemps, quand les renaissances se bousculent au portillon pour affirmer leur place avec la spécificité ambrée du ciste et l'insistance de l'immortelle. Comme un concours végétal à qui imprégnera le plus. Non plus que les routes sinueuses pour arriver au village. Encore moins l'excitation de revenir en Corse pour les vacances ; la joie de se réunir avec la famille, de retrouver Clara Marie, sa cousine préférée, le cœur qui bondit après le dernier virage quand le premier bâtiment, l'église, apparaît enfin. L'éclair dans les yeux de Clara Marie lorsqu'elle le prend dans ses bras. Les tantes qui embrassent Annie, sa mère et, finalement, le monde qui s'assemble autour de la voiture pour fêter ceux qui reviennent. Les embrassades, les rires et les promesses de repas partagés sont toujours les mêmes.

Rien n'a changé ici.

C'est donc lui qui a changé.

L'insouciance de ses seize premières années d'existence a disparu, remplacée par une angoisse qui s'est installée depuis qu'il a fait un choix. Pas forcément le bon. Mais il doit l'assumer.

Ils sont arrivés tard, la nuit est déjà tombée, les soirs d'avril ne sont pas encore les soirées de juillet. Avec sa mère, ils prennent possession de la petite maison, familière mais toujours redécouverte. Il faut :

- relancer le chauffage (la mère)
- rebrancher le frigo (la mère)
- le remplir des courses achetées sur la route (la mère)
- tester l'état du réseau (Gabriel)
- feuilleter un manga oublié sur le lit (Gabriel)
- vérifier si la fenêtre de la chambre est toujours silencieuse quand on l'ouvre (Gabriel).

*

La fontaine, le lendemain matin. L'été, c'est le point de rencontre de tous les enfants, frères, sœurs, cousins, cousines, amis d'amis revenus au village, et la place se remplit de courants d'air rieurs. Mais en cette saison, Gabriel est l'unique *pinzutu*, celui qui habite sur le continent.

Ce dimanche de printemps, seule Clara Marie attend, assise sur la margelle, le menton posé sur un genou replié. Le jeune homme s'installe à côté d'elle, assez loin pour ne pas paraître inconvenant (la surveillance des corps dans les villages corses…), assez proche pour entamer leur messe basse à eux.

« Tu n'es pas à l'église, mécréante ?

— Et toi, pauvre pécheur ? »

Gabriel se détourne pour fixer les portes massives du bâtiment centenaire. Le péché, tiens, il n'y avait pas songé. Sa mère ne croit ni en Dieu ni dans toutes les fables ecclésiastiques. Lui ne s'est jamais posé la question.

« Et sinon, quoi de neuf ici ?

— J'avais hâte que tu arrives ! »

La malice dans les yeux de la jeune fille.

« Comme toujours aux vacances. » Gabriel tente une moue blasée face à sa cousine mais il est heureux.

« Non. Il y a quelque chose de nouveau. Ça va nous changer.

— C'est quoi ?

— Attends. »

Ça ne lui va pas trop de jouer les mystérieuses à Clara Marie, comme les filles qui se cachent derrière leur frange pour esquisser une moue de réseau social. Clara Marie est spontanée et audacieuse. Rien ne semble l'impressionner. Elle est intelligente, drôle et têtue, elle connaît tous les sentiers, toutes les plantes, les changements du vent. Elle est un animal parfaitement adapté à son environnement. Elle est heureuse dans son village.

Gabriel joue le jeu du mystère avec elle, il attend pour voir, comme au poker, en mâchouillant un brin de fenouil sauvage. Au loin il entend le bêlement d'un agneau et sa mère qui lui répond. Il ferme les yeux pour ressentir toutes les minuscules vies nouvelles qui prennent leur place sur la terre.

Lorsque les cloches sonnent la fin de la messe, Clara Marie se redresse légèrement et donne un coup de coude à son cousin.

« Tu vas voir. »

De l'église ne sortent que deux personnes : le curé nomade qui doit se répartir sur quatre communes alentour (la crise des vocations) et une petite silhouette courbée sur sa canne.

« Le curé ?

— Non, *zia* Baptistina. »

On l'appelle *zia*, tante, comme une marque de respect. Gabriel l'a toujours connue ainsi, âgée et grise. Il a seize ans et pour lui, elle est aussi vieille que les pierres du chemin. Peut-être qu'elle mesure plus d'un mètre quarante, mais il ne l'a jamais vue déployée complètement. Robe informe et fichu gris, poils de barbe raides, dont certains sont coincés dans le nœud du foulard sous son menton. Elle vit en dehors du village, dans une maison isolée dans le maquis, seule depuis que son fils unique est parti en ville pour fonder sa famille, seule depuis qu'il est mort avec sa femme dans un accident de voiture, seule depuis que sa petite-fille un peu simplette, Lisandra, a épousé un pêcheur.

« Eh bien quoi, *zia* Baptistina ?

— C'est une sorcière.

— Quoi ? »

Gabriel en a lâché son brin de fenouil.

« N'importe quoi.

— Si, je te jure.

— Une sorcière, comme une… *mazzera* ?

— Non. La *mazzera*, c'est celle qui voit en rêve ceux qui vont mourir. Ce n'est même pas sa faute, c'est… comme un don qu'elle a reçu, elle n'y peut rien. *Zia* Baptistina, elle, elle jette des sorts.

— Genre *wingardium leviosa* ?

— Non, pas des sortilèges à la Harry Potter. Elle, elle met l'œil.

— L'œil ? »

Clara Marie lève les yeux au ciel. Il le fait exprès, pas possible !

« Oh Gabriel, tu as tout oublié depuis que tu es reparti sur le continent ? L'œil : elle jette des sorts qui appellent le malheur. Et ensuite, il n'arrive que des trucs pourris : tu rates ton examen, les brebis d'en bas se tordent de douleur, le mari de sa petite-fille disparaît en mer…

— Tu te rends compte qu'il y a des explications parfaitement rationnelles à tout ça !

— Bon, j'avoue que je n'avais pas tellement révisé, mais pour le reste…

— Pour le reste, les bêtes devaient avoir la colique et le mari de la pauvre Lisandra a fait naufrage pendant la tempête avec son bateau, c'était dans le journal. Tu l'as revue au fait, Lisandra ?

— Elle est revenue après l'enterrement pour voir sa grand-mère, et depuis, plus de nouvelles. Non, mais Gabriel, reste concentré sur *zia* Baptistina : elle va au cimetière…

— Clara Marie, enfin, ici, tout le monde va au cimet…

— Toutes les nuits ! »

Gabriel la dévisage. Il a l'air à la fois choqué et mal à l'aise, exactement la réaction que Clara Marie espérait. Elle croit cependant y déceler un moment de panique qu'elle n'avait pas anticipé.

« Comment ça, toutes les nuits ?

— Oui, elle attend qu'il fasse noir et elle y va.

— Pourquoi elle ne s'y rend pas dans la journée comme tout le monde ?

— Si je te parle de sorcière, tu me comprends enfin ?

— Non, mais je suis sûr qu'il y a une raison pour…

— Vas-y, je t'écoute. »

Elle croise les bras et attend pendant que le jeune homme pense, pense, pense… pense trop et s'embrouille. Il n'avait pas prévu ça.

« À quelle heure elle va…

— Chut, elle est là ! »

Les deux adolescents se taisent car le métronome de la canne de la vieille femme résonne juste devant eux. Elle semble s'être matérialisée devant la fontaine comme par… Ils transforment leur mine de comploteurs en un sourire aussi large que crispé. La *zia* Baptistina s'arrête à leur hauteur et leur sourit en retour. La première réaction de Gabriel est la surprise : la vieille a toujours des dents solides et blanches. La seconde est une sorte d'horreur mêlée au dégoût lorsqu'elle porte la main à sa bouche pour en retirer le dentier, l'observer un instant avant d'en secouer quelques filets de bave, de le remettre en place d'un geste sûr et de poursuivre sa route à coups de canne réguliers.

« Oooooh, c'est dégueulasse !

— Elle nous a entendus, j'en suis sûre.

— Mais non, elle était trop loin et puis elle est vieille…

— C'est une sorcière, Gabriel.

— Depuis quand ?

— Comment ça, depuis quand ?

— L'été dernier quand j'étais là, personne ne parlait de la *zia* comme d'une sorcière ! Tout le monde sait qu'elle ne parle pas beaucoup et personne ne va chez elle, mais ça n'en fait pas une sorcière. »

Clara Marie réfléchit.

« C'était il y a deux ou trois semaines.

— Elle est devenue sorcière, comme ça, il y a deux ou trois semaines ? »

Devant le sourire ironique de son cousin, Clara Marie s'énerve un peu.

« Je l'ai vue ! De mes yeux vue ! Elle marchait sur le chemin du cimetière un peu avant minuit. Et il n'y a rien sur ce chemin. À part le cimetière.

— Tu l'as suivie ?

— Non... » Elle hésite. Gabriel sent bien qu'elle ne dit pas tout.

« Toi, Clara Marie, curieuse comme tu es, tu ne l'as pas suivie ? Tu m'étonnes. Et d'abord qu'est-ce que tu faisais dehors à cette heure-là ?

— J'étais avec Pierre. C'est lui qui n'a pas voulu descendre. »

Gabriel respire un grand coup, il n'a pas envie de lui demander ce qu'elle faisait avec le fils de Dominique à cette heure-là.

« Oh, ça va, Gabriel, pas la peine de me faire cette tête-là...

— Pierre en a parlé à quelqu'un ?

— Non, il avait trop peur.

— Et toi ?

— Moi ? »

Elle le regarde avec cet air de tu-as-oublié-à-qui-tu-parles.

« Moi, non. J'y suis même retournée le lendemain. Mais quand même je... J'étais seule et je n'ai pas osé entrer. En revanche, si tu viens avec moi... »

Gabriel aimerait avoir le brin de fenouil pour gagner du temps en mâchonnant mais il vient de le cracher.

« Pas cette nuit.

— Pourquoi ?

— Parce que je ne me sens pas super bien, je n'ai pas bien dormi. Presque pas en fait. Je voudrais me reposer ce soir. Mais demain, oui demain, on y va ensemble si tu veux. »

Gabriel descend d'un bond de la margelle. Il faut couper court à cette conversation.

« Je dois rentrer aider ma mère pour finir d'installer nos affaires. »

*

Vingt-trois heures. Il est tard pour le village. Les repas sont terminés, la vaisselle est faite et les assiettes rangées, les adultes s'ennuient devant la télé, les enfants défient le couvre-feu en jouant à la console sous les couvertures. Que fait Clara Marie ? Elle a dû monter un verre d'eau dans sa chambre, se brosser les cheveux, les natter puis attraper un livre avant de se glisser dans son lit. Quand ils étaient petits et qu'ils avaient encore le droit de dormir dans la même chambre, c'était son rituel. Gabriel imagine qu'il en est toujours ainsi.

Pour l'heure, il enfile ses gants, rabat sa capuche, vérifie le contenu de son petit sac à dos et la batterie de son téléphone. Il ouvre la fenêtre de sa chambre qui ne grince pas, referme les volets en les bloquant avec la barre de fer habituelle, prend appui sur la branche du platane et se laisse glisser jusqu'à la fourche. Il y reste un instant, plaqué contre l'écorce, à l'affût du dernier fumeur sur le pas d'une porte. Mais tout le monde semble dormir. Il se suspend alors et constate qu'il a encore grandi depuis la dernière fois qu'il a fait le mur par cette même fenêtre : la pointe de ses pieds touche presque le sol. Aucun bruit quand il atterrit sur le bitume, aucun bruit quand ses enjambées pressées le mènent à la sortie du village. La nuit est lourde de nuages qui se bousculent et l'absorbe rapidement tandis qu'il s'éloigne de l'unique lampadaire de la place.

Ici, le cimetière n'est pas à côté de l'église, ni même aux abords du village. Sur ce début de montagne escarpée, on a préféré laisser les terres les plus accessibles aux vivants. Les morts sont descendus le long d'un sentier si pentu et tortueux que les 4x4 d'aujourd'hui sont autant à la peine que les mules et les humains d'hier pour adopter une allure solennelle à la suite d'un curé. Quelque part dans la vallée, un petit duc lance sa note flûtée, toujours la même, le vent souffle un peu, Gabriel ôte sa capuche, il veut être à l'écoute de tout. À la lueur de sa torche, il vérifie le chemin sous chacun de ses pas en essayant de ne pas détacher un caillou ou de déraper sur un morceau de terre instable. Au bout d'un énorme quart d'heure qui lui coûte en mollets tétanisés, le faisceau de la lampe éclaire une grille à hauteur de cuisse qu'il enjambe aisément, toujours sans bruit. Et maintenant ?

Et maintenant, il n'est pas venu pour impressionner Clara Marie, il n'est même pas venu pour tirer au clair cette histoire de sorcière, il a seize ans, il s'en fout des sorcières, il vit dans ce qu'on appelle pudiquement une « cité compliquée » sur le continent, là où est parquée la pauvreté et se développe l'instinct de survie nécessaire. Il a toujours évité les ennuis, grâce à son assiduité à l'école et à sa mère qui ne le lâche pas des yeux. Mais il y a quinze jours, il a craqué pour de l'argent facile. Presque facile. Cinq cents grammes de shit pour le tester. Pas assez pour mettre l'économie du quartier en péril en cas de problème de livraison, suffisamment pour le menacer de représailles en cas de problème de livraison. Il a bien expliqué que lorsqu'il est en Corse, il ne bouge pas trop du village, il n'est pas motorisé et sa mère reste avec ses sœurs sauf pour quelques courses au supermarché. Mais il avait la solution : le cimetière. Un endroit si perdu dans le maquis qu'il avait été obligé d'agrandir au maximum la carte GPS sur son téléphone pour pointer une trouée dans l'épaisseur de la forêt qui abritait une trentaine de pierres blanches et vertes. Il s'était souvenu de la vieille tombe abandonnée, jamais entretenue – celle d'un Grimaldi enterré là par erreur puisque personne au village ne portait ce nom et ne semblait se souvenir de lui. Il leur avait dit, Je place le paquet dans l'un des trous sous la plaque. Quand c'est fait, j'envoie une photo. Il ne savait pas qui devait récupérer la came, ce n'était pas son souci. Son souci, c'était plutôt cette histoire de *zia* Baptistina. Qu'est-ce que cette folle avait décidé de venir faire au cimetière la nuit ? Putain, son plan était parfait jusqu'à ce que Clara Marie lui apprenne la nouvelle manie de la vieille… Mais après tout, quelle chance y avait-il pour qu'ils se croisent au cimetière cette nuit ?

Le faisceau de la torche balaie tombes, caveaux et trois chapelles funéraires. Celles des familles les plus fortunées. On est loin des débauches marmoréennes des cimetières du Cap Corse ou d'Ajaccio, parce que le village n'a pas produit de seigneurs ou de commerçants prospères : ici le notable ultime a été maire, instituteur ou médecin de la commune. Mais quand même, l'un a choisi d'imposantes colonnes romaines pour encadrer un petit bâtiment digne d'un demi-dieu, l'autre un aigle sculpté les ailes déployées, quant au troisième, il a préféré ériger deux bâtons noueux autour desquels s'enroulent des serpents à l'entrée de la chapelle. Le médecin, sans doute.

Gabriel se dirige vers la tombe oubliée au fond du cimetière.

Lorsqu'il l'atteint, il s'accroupit en faisant glisser son sac à dos devant lui d'un geste fluide. Il l'ouvre et saisit le paquet brun. Il a à peine besoin de dégager une branche cassée pour découvrir une large cavité dans laquelle il glisse la came. Il ne reste plus qu'à prendre une…

Soudain, il se fige.

La grille qu'il n'a pas eu besoin d'ouvrir grince.

Silence.

Second grincement.

Quelqu'un vient d'entrer dans le cimetière et de refermer la grille derrière lui. Derrière elle plutôt. Car Gabriel en est sûr, ce doit être elle, la *zia*. Il jure entre ses dents. S'il a peur, c'est surtout d'être découvert. Il éteint sa torche et se faufile derrière la stèle Grimaldi. Le petit duc donne toujours de la voix mais entre deux notes, Gabriel perçoit un rythme qui frappe le sol régulièrement, le métronome lent de la canne de Baptistina.

Ne pas bouger. Se faire pierre et terre. Oublier le temps et les branches qui le frôlent. Oublier le gémissement du vent qui forcit. Mais est-ce vraiment le vent qui fait ce bruit ?

Le vent puissant dans les arbres bien sûr, comme une longue plainte, rien à voir avec les morts qui se retournent…

Une éternité passe avant que la canne ne refrappe le sol et que la grille ne grince deux fois. Attends, attends, prends une photo – obligé, sinon ils ne te lâcheront pas, ceux de la cité –, merde, le flash, tant pis, y a du réseau ? Y a du réseau ! Envoie-la, reprends le chemin à l'envers, enjambe la grille et entame la montée du retour, pas trop vite, tu ne dois pas rattraper la vieille, d'ailleurs elle est juste devant, au niveau du rocher, ou bien est-ce le rocher lui-même, non il bouge, il se retourne, ce n'est pas un rocher. Gabriel se jette dans les fourrés, s'écorchant la peau du visage et des mains dans les ronces. Mais tout plutôt que de se retrouver face à la *zia* Baptistina à minuit sur ce sentier ! Ne pas bouger, ne pas respirer. Attendre.

Le vent encore, qui forcit, la nuit semble balayée de courants d'air fous, le buisson frémit plus fort. Trop fort.

Soudain, une main se glisse entre les ronces pour saisir son épaule. Ça y est, il est mort !

« Gabriel ? »

La voix inquiète chuchote. Il se redresse tant bien que mal.

« Clara Marie ? Qu'est-ce que tu fais ici ?

— Je t'ai suivi. Je me doutais que tu viendrais. Pourquoi tu es venu sans moi ?

— Tu as réussi à te cacher de la *zia* Baptistina sur le chemin ?

— La *zia* ? Je ne l'ai pas croisée.

— Ce n'est pas possible, elle… »

Gabriel ne peut terminer sa phrase. Il est interrompu par un éclair gigantesque suivi d'un coup de tonnerre qui semble faire trembler toute la vallée. Pendant plusieurs minutes le ciel a l'air de jouer à allumer la terre avant de l'ébranler. Une fusée éclairante, un coup de canon, c'est presque fascinant pour l'enfant des villes. En se redressant, Gabriel peut voir comme en plein jour les tombes plus bas, avant de baisser la tête sous le craquement qui suit, puis ce sont les yeux immenses de Clara Marie, ses sourcils froncés et sa bouche qui hurle :

« Gabriel, il ne faut pas qu'on reste sous un arbre avec la foudre !

— Mais il n'y a que des arbres ici !

— Suis-moi, on redescend ! »

Clara Marie l'attrape par la manche et l'entraîne vers le cimetière qu'il vient de quitter.

« Mais pourquoi le cimetière ?

— Parce qu'il n'y a pas d'arbre et quand il va grêler, on pourra trouver un abri pour se protéger. »

Elle n'a pas dit « si » mais « quand ». Cela fait deux ans que le printemps déréglé mitraille depuis le ciel de minuscules billes blanches qui fauchent, arrachent et crèvent les feuilles tendres et les fleurs en bourgeon. Le renouveau attendu d'avril est violemment blessé dans sa chair. Après chaque bombardement, les paysans comptent les rares plantations toujours debout, promesses de récoltes mineures encore une fois. Les bergers font le tour des carcasses des bêtes qui n'ont pas regagné l'abri assez vite. Personne ne perd son temps à évaluer les dégâts de ceux qui vivent dans le maquis, loin des humains. Eux se calfeutrent en attendant que ça passe, soupirant quand l'électricité qui saute les renvoie à leur condition d'enfants de paysans pauvres. Ces épisodes se succèdent à un rythme méconnu jusque-là. Les pluies deviennent diluviennes et les inondations, fréquentes. Ce qui est à naître meurt.

Heureusement, le cimetière est bien au-dessus de la rivière qui serpente au pied de la colline. Clara Marie entraîne Gabriel vers l'un des mausolées, celui avec l'aigle, qui a le double avantage de posséder trois marches en hauteur et un toit en avancée de pierre sur laquelle trône l'oiseau en majesté. Ils se pressent tous les deux si fort contre la porte en bois que Gabriel sent le dessin des ferrures dans son dos.

Dans un fracas infernal, les billes blanches rebondissent sur le sol et soudain, c'est un véritable tapis qui se forme devant eux. *Presque beau*, songe Gabriel, qui sent la chaleur de sa cousine contre son bras, sa main dans la sienne et son souffle court. Presque beau jusqu'à ce que les billes se transforment en grêlons. La mitraille devient canonnade, le calibre a changé et le vent a tourné. Sous leurs yeux, les projectiles blancs semblent propulsés à l'horizontale, à tir tendu depuis l'ouest. Leur chance est de se tasser dans une encoignure de pierre avec un vent de dos qui martèle le mur du caveau derrière eux.

Soudain un craquement lourd. *La came, putain, la came!*, pense immédiatement Gabriel quand il se rend compte qu'il y a peu de chance que la pierre tombale Grimaldi ait résisté aux impacts successifs. Mais cette pensée s'efface lorsque, par-dessus l'explosion de l'orage, retentit un hurlement affreux, le cri d'une bête qui agonise, d'une bête aux portes de la mort et qui supplie avant de basculer pour toujours. Les deux ados s'accrochent l'un à l'autre, les yeux exorbités, fouillant la nuit.

« C'est quoi ça ?

— Ça vient d'où ? »

La plainte folle se fait à nouveau entendre. Elle n'est pas si loin. Ou peut-être si, qu'est-ce que tu peux savoir avec la nuit et l'orage ?

Une troisième fois, le cri terrifiant.

« Il faut qu'on se tire.

— On va se faire tuer par les grêlons ! »

Pour confirmer la remarque de Clara Marie, le ciel redouble ses crachats durs et blancs qui semblent vouloir hacher tout ce qui traîne. Au-dessus d'eux, une aile de l'aigle est sectionnée. Elle tombe à leurs pieds pour s'enfoncer dans le tapis blanc qui ne cesse de monter.

« Regarde ! »

Clara Marie pointe le mausolée à quelques mètres devant eux, celui aux colonnes romaines. La moitié de la porte en bois a été emportée par le vent. Et du trou ainsi créé, quelque chose émerge. Une main. Une main blanche et fine. Qui tâtonne sur le chambranle.

Les deux ados ont beau écarquiller les yeux, ils ne voient rien d'autre, comme si cette main n'était attachée à rien. Gabriel s'entend gémir en écrasant les doigts de Clara Marie. Elle est statufiée, seuls ses longs cheveux noirs fouettent l'air et la pierre. La main pourrait avancer encore, sortir du tombeau, et eux ne pourraient qu'essayer de se dissoudre dans le bois contre leur dos. La partie n'est pas égale. Surtout qu'une forme indistincte vient de surgir sur le côté.

Les jambes de Gabriel le lâchent et il glisse le long de la porte. Sa cousine le suit pour ne pas perdre sa main. La créature s'avance, trois pattes qui s'agitent et une carapace hérissée de quatre pointes sur laquelle rebondit la grêle. Une ombre qui se dirige droit vers le caveau ouvert. La main se retire alors, la bête s'engouffre, se débarrassant de sa carapace à l'entrée.

« Mais c'est quoi, ça ?

— Clara Marie, on se tire !

— Non, je dois savoir ! Ici, c'est mon village, toute ma famille. Toi, tu repars à la fin des vacances mais moi, c'est ici que je vis et je veux comprendre. Si tu as peur, va-t'en. »

La jeune fille se relève et Gabriel ne peut pas avoir peur. Avant de quitter leur abri, il ouvre son sac et en sort sa torche qu'il brandit comme une arme.

« Allez ! »

Clara Marie a franchi les quelques mètres en courant, la tête dans les bras pour se protéger des impacts. Elle s'agrippe à une colonne romaine en attendant que Gabriel la rejoigne. La carapace à leur pied est en réalité une chaise en bois. D'un seul regard, ils se décident.

Gabriel allume la torche en dirigeant le faisceau vers l'intérieur.

La première chose qu'ils entrevoient est la robe grise, mouillée et tendue sur le dos courbé de *zia* Baptistina. Derrière elle, la main blanche attachée à un bras long et mince. C'est tout ce qu'ils aperçoivent dans cet espace étroit, cette chambre des morts qui n'est pas faite pour abriter des vivants. Le dos de Baptistina s'est raidi.

« Qui est là ? Qui a osé venir ici ? »

La voix de la vieille n'est pas forte et pourtant elle leur semble couvrir la tempête.

« O *zia*, c'est Clara Marie. Et Gabriel.

— Baisse ta lampe ! »

Gabriel obéit. Le faisceau éclaire maintenant le sol du caveau et Baptistina se retourne lentement face à eux.

« Vous devez partir.

— Oui, *zia*, tout de suite… »

Mais ils ne partiront pas. Le cri retentit dans le dos de la vieille femme et la main blanche prend appui sur son épaule.

Lentement émerge derrière elle un visage livide, bouche tordue, yeux égarés et cheveux fous qui se dessinent dans le halo de la lampe torche. *Saturne dévorant un de ses fils*. Gabriel a l'image du tableau de Goya juste devant ses yeux. Il entend la voix de Clara Marie :

« Lisandra… »

Lisandra, la petite-fille de Baptistina, celle dont le mari est mort en mer. Celle qu'on disait « simplette » avec un air d'être toujours un peu ailleurs. Elle n'a plus rien de simplet, maintenant féroce, dressée derrière sa grand-mère qui lui arrive à peine à la poitrine, une main comme une serre d'oiseau qui enserre la vieille épaule, la seconde brandissant un fusil de chasse. Elle ouvre la bouche et c'est une sorte d'aboiement violent qui en sort.

La *zia* a lâché sa canne pour poser une main sur le fusil.

« *Chuuuuuut* ma belle, ma petite, ma douce, *chuuut*, il n'y a pas de danger. Tu les connais, ils sont du village, *chuuut*, elle, c'est la fille de Marie Antoinette et Jean François, tu les connais, *chuuut*, lui, c'est le fils d'Annie qui a la maison sur la place, *chuuut* mon ange, tout va bien… » La voix de *zia* Baptistina est douce comme lorsqu'on chante une berceuse aux enfants qui ne veulent pas dormir. Le visage de Lisandra s'apaise, sa tête se penche. Sa bouche murmure quelque chose à l'oreille de la vieille. *Zia* Baptistina ferme les yeux très fort, soupire et secoue la tête.

« Non, mon ange, non, ils ne peuvent…

— JE VEUX ! »

Le hurlement articulé les fait sursauter tous les trois. Lisandra dirige maintenant le fusil vers eux et sa main crispée fait pivoter la vieille femme.

Il y a peu de place dans un caveau, même un caveau de grande famille. Clara Marie dans son dos, Gabriel se glisse dans le petit espace que la *zia* Baptistina a libéré, plaquée contre Lisandra. Avec la lampe toujours vers le sol, l'adolescent éclaire des dalles de pierre étonnamment propres et discerne de chaque côté les quatre emplacements des cercueils en étagère, chacun celé par des rangées de briques. Huit ancêtres enterrés dans la chapelle. Moins un. À droite, l'emplacement à hauteur d'assise est ouvert et vide. Enfin, Gabriel y distingue ce qui ressemble à un couchage fait d'un oreiller et de couvertures. Il ne se pose aucune question, il ne veut pas savoir ; celle qui veut toujours savoir, c'est Clara Marie qu'il sent frémir derrière lui. Il se glisse un peu plus en avant et dirige le faisceau de la torche vers le petit autel décoré d'une image de la vierge entourée de bougies qui tremblotent. *Voilà*, se dit-il, *Lisandra est folle et habite dans ce caveau. C'est pas grave, c'est bizarre, mais c'est pas grave, il y a des fous et des ermites partout sur la terre, pourquoi pas ici, après tout.*

Et puis le faisceau éclaire le berceau.

Juste une seconde.

Gabriel l'a relevé immédiatement pour éblouir la Vierge Marie qui le regarde avec douceur dans son cadre doré. *Je ne veux pas voir*, hurle-t-il dans sa tête, *je ne veux pas savoir*. Contre lui, Clara Marie n'a pas bronché. Derrière eux, la voix de Baptistina, toujours aussi calme.

« Voilà ma douce, tu leur as présenté ton fils, c'est bien. Maintenant ils vont rentrer chez eux. Il est tard, tu sais. Et puis, tu vois bien que Lisandru dort à poings fermés, il se repose le petit ange. Lâche le fusil, ma toute belle, voilà. Nous allons les laisser rentrer chez eux. Ils reviendront une autre fois. »

Gabriel n'a pas bougé, les yeux toujours rivés sur le visage de la mère de Jésus. Il entend Clara Marie chuchoter son nom. Il recule pas à pas, sent le frottement de la robe grise de la *zia* contre son épaule, puis le souffle de la folle qui lui sourit, enfin la main de Clara Marie qui le tire par la main dans la tempête.

Ils ont couru, sauté la grille et couru, couru sous la grêle, le sac à dos sur la tête de Clara Marie et Gabriel qui ne sentait rien d'autre que l'air froid dans ses poumons et le vent dingue qui semblait vouloir les repousser vers le cimetière. Ils ont couru sur toute la remontée, couru, le bitume de la route enfin atteint, couru jusqu'au village plongé dans le noir. Sous le platane toujours debout ils se sont enfin lâché la main. La tempête a hurlé encore deux heures puis s'est tue.

*

Aux petites heures du matin, la place du village bruisse de tous ceux qui sont sortis pour évaluer les dégâts. Tuiles arrachées, volets dégondés, le vieux mûrier a perdu une branche qui s'est encastrée dans une voiture. Le toit en tôle de l'enclos à cochons s'est envolé, quatre porcelets sont morts mais plus loin, les brebis et leurs agneaux sont tous sains et saufs. Le village est isolé, les pompiers ne viendront pas tout de suite, alors hommes et femmes s'affairent. Gabriel a été réquisitionné pour déblayer les branches cassées et les tronçonner proprement afin d'en faire du bois de chauffage. Clara Marie est l'une des rares femmes sur les toits : elle n'a jamais eu le vertige, elle sécurise des bâches par-dessus les trous. La journée entière sera consacrée à évaluer, compter, mesurer, reboucher, remplacer, compter encore… Soudain quelqu'un lance : « Et *zia* Baptistina ? Quelqu'un est allé la voir ? » Debout sur le tas de bois, Gabriel se fige. Il sait que sa cousine a aussi suspendu ses gestes là-haut. La réponse qui fuse les délivre un peu : « Oui, je suis passée, la maison n'a rien, elle a eu de la chance. »

À la fin de la journée, le petit village a pansé ses plaies apparentes. Chacun a cuisiné pour tout le monde. Chez Annie, les sœurs et leurs maris attendent le retour du réseau pour commencer à s'énerver avec les assurances. Gabriel et Clara Marie sont sortis s'asseoir sur la margelle. Ils n'ont pas eu l'occasion d'échanger un mot de la journée. Gabriel aimerait que ça reste ainsi mais Clara Marie…

« Il faut qu'on aille au cimetière.

— S'il te plaît…

— Il faut qu'on les aide !

— Est-ce que tu as vu ce qu'il y avait dans le… »

Les images tenues à distance par les tâches harassantes de la journée reviennent en force.

« Oui, j'ai vu. J'ai vu la pauvre Lisandra qui me souriait et derrière l'épaule de la *zia*, j'ai vu. J'ai vu, Gabriel.

— Alors tu sais, tu sais qu'on ne peut pas y aller. C'est… monstrueux ce qu'il y a là-bas, monstrueux… Et elle a un fusil en plus. On ne devrait pas y aller et on devrait en parler aux parents !

— On leur parlera de la tombe Grimaldi aussi ? »

Le jeune homme soupire. Comment a-t-il pu imaginer qu'elle ne l'avait pas suivi depuis le début ?

« Pas ce soir, Clara Marie, pas cette nuit. J'ai la trouille, vraiment. Demain. Au grand jour, je te promets. »

*

Ils partent après le petit déjeuner dans un début de journée magnifique, comme si l'orage n'avait jamais existé. La pente menant au cimetière a été ravinée par la grêle, les branches cassées pendent lamentablement au-dessus d'eux, mais l'énergie de la terre reprend le dessus avec une tonne d'oiseaux qui chantent à pleins poumons leur joie d'avoir survécu et les fleurs rescapées qui lancent leurs parfums les plus puissants.

Le premier être vivant qu'ils rencontrent à la grille est un âne. Un petit âne robuste et bâté, en train de brouter, portant négligemment deux paniers sur ses flancs. Clara Marie ouvre la grille pour la faire grincer et prévenir ainsi de leur arrivée. Puis elle appelle.

« *O zia, socu eiu, Chjara Maria. Possu vene ? Socu incu Gabriel.* » La langue maternelle est apparue comme un signe de paix. Quelques instants, puis le « *Iè* » s'élève d'entre les tombes. Le oui qui donne la permission.

Devant le mausolée aux colonnes romaines et à la porte toujours défoncée, *zia* Baptistina balaie. Gabriel embrasse du regard la scène : le geste sûr de la vieille, chaque mouvement mesuré, l'efficacité de ceux qui savent éviter le geste inutile. À ses pieds, un bac à mortier dans lequel stagnent des restes de matière pâteuse, une truelle et une demi-douzaine de briques bien empilées.

« *Zia*, est-ce qu'on peut t'aider ? »

La voix de Clara Marie ne tremble pas.

Baptistina termine un dernier mètre carré puis troque le balai contre sa canne. Elle se masse doucement les reins dans une tentative d'étirement, puis les regarde enfin. De son bâton, elle désigne les briques, l'auge et la truelle.

« Oui. Vous pouvez ramasser ça et les remettre dans les paniers de Giusani qui attend là-bas. »

Sans un mot, les adolescents s'avancent et se baissent pour ramasser outils et matériaux. De toutes ses forces, Gabriel s'admoneste, *Ne regarde pas, ne regarde pas !* Mais évidemment qu'il regarde. Au fond de la chapelle, les bougies de l'autel sont éteintes. La Vierge Marie lui sourit toujours. Et c'est tout. Il n'y a plus rien. Plus de couvertures, plus de fusil, plus de Lisandra.

Plus de berceau.

Plus rien. Rien que le dernier emplacement à droite, à hauteur d'assise, fraîchement bouché avec des briques et du mortier.

Il ne s'est rien passé, il ne s'est rien passé, c'était un cauchemar. Gabriel a envie d'y croire très fort. Mais Clara Marie est là.

« O *zia*, il faut réparer la porte. »

Baptistina la regarde d'un air soudain égaré.

« La porte, oui, la porte…

— Je crois que le morceau a volé un peu plus loin là-bas. Gabriel, va le chercher. Regarde du côté de la tombe Grimaldi. »

Bien sûr, la tombe Grimaldi… Dont la plaque a été entièrement perforée par les grêlons qui y sont toujours accumulés. Il tâtonne rapidement du bout des doigts qu'il ressort recouverts d'une bouillie marron qui pue. Merde ! Il reprend une photo, il va falloir qu'il s'explique avec des gens qui n'aiment pas les explications. Le retour dans la cité va être compliqué. Mais s'il ne rentrait pas, s'il disait à sa mère qu'il veut rester… ? Plus tard, il verra plus tard. Il se nettoie comme il peut sur l'herbe. Bon, le pan de porte, où est ce foutu pan de porte ? Il le trouve un peu plus loin, criblé comme par des impacts de balles, mais d'un seul tenant.

Lorsqu'il revient près du mausolée aux colonnes romaines, Clara Marie et la vieille n'ont pas bougé de place. Elles l'attendent dans un silence qui n'en est pas un. Il remarque que l'une semble apaisée et l'autre déterminée. L'autre, justement, sort un marteau de sa ceinture à outils, celle qu'elle n'avait pas quittée la veille lorsqu'elle grimpait sur les toits du village, et qu'il ne remarque qu'à cet instant.

« *Zia*, il faut aller vous reposer maintenant. Rentrez chez vous. Gabriel et moi, nous allons finir le travail. »

Après un dernier regard, la *zia* Baptistina se dirige vers le petit âne attaché à la grille. La jeune fille empoigne le reste de porte et le plaque sur le chambranle.

« Tiens-le comme ça », intime-t-elle à son cousin.

Puis, d'un geste sûr, elle plante le premier clou. Elle tape droit et juste, sur un rythme régulier. Un coup après l'autre. Gabriel ferme les yeux. Il entend peu à peu Clara Marie s'accorder au rythme lent du métronome qui s'éloigne.

Le martèlement de la canne a disparu depuis longtemps, mais l'adolescente continue d'enfoncer ses clous. Gabriel a perdu le compte des coups. La porte du caveau ne s'ouvrira plus jamais. Il touche légèrement le bras de sa cousine.

« Je crois que ça va, tout est bien fixé. Tu peux t'arrêter. »

Clara Marie suspend son geste. Elle le fixe d'un air qu'il ne lui a jamais vu.

« Écoute-moi, Gabriel, écoute-moi bien. Ici, rien n'a changé. Tu as compris ? Parce qu'ici, rien ne doit changer. »

Ici, rien ne doit changer

Et, d'un coup sec, elle enfonce le dernier clou.

Hiver

Jamais deux sans trois

Corinne Jaquet

Tout avait commencé par une avalanche, non, pire, par l'effondrement d'un pan complet de la montagne provoquant, par suite, une puissante avalanche.

Nous n'étions qu'au début de l'hiver, mais nous devinions qu'il serait tempéré. En octobre déjà, des courses de ski avaient dû être annulées dans la région, faute de neige. Il était bien tombé quelques centimètres ces derniers jours, mais le manteau restait mouillé, ne se consolidait pas.

Le pan de cailloux avait choisi de se jeter en bas en pleine journée, par un dimanche de beau temps. Le fracas fut effrayant et dura longtemps. Ce fut comme une coulée de lave blanche qui dévala la pente sans que l'on puisse deviner si elle stopperait ou si elle engloutirait tout sur son passage. Elle s'ouvrait, prenait de l'ampleur, c'était effrayant. Le Grand-Hôtel n'était pas tout à fait dans son axe, certes, mais le nuage soulevé par le mouvement du glacier ne nous rassurait pas.

Tout l'établissement ne fut qu'un cri. On se précipita sur la terrasse sud pour contempler les dégâts.

L'Européen sait, au fond de lui, que les Alpes constituent une zone sismique sensible. On imaginait le pire. Nous n'avions pourtant ressenti aucune secousse... Les plus optimistes avaient cru à un coup de tonnerre, même s'il faisait grand beau quelques minutes avant. « En montagne, le temps change vite », répétait-on à l'envi. Les plus lucides pensèrent tout de suite à un souci d'ordre climatique. Un souci à la mode, en quelque sorte. Un souci qui angoisse notre hôtellerie de montagne. Sans l'or blanc qui fait sa réputation depuis bientôt deux siècles, que deviendra le tourisme de notre pays ?

Très vite, les réseaux sociaux se sont emparés du sujet. Les images – dont plusieurs prises depuis notre hôtel – circulèrent sur la Toile. Les médias débarquèrent de partout. Sur nos écrans, surgirent très vite des scientifiques nous expliquant que le réchauffement climatique modifiait la donne et que la vie à la montagne changeait du tout au tout.

La belle saison avait été si chaude que plus rien n'était comme avant. Ce que les experts appellent « le point de bascule » était dépassé et la fonte allait s'accélérant. La limite du zéro degré Celsius s'était maintenue pendant plusieurs jours en juillet autour de cinq mille mètres d'altitude. Totalement anormal !

La petite vingtaine de sommets de plus de quatre mille mètres qui nous encerclait attendait les flocons comme toutes les stations alentour depuis plusieurs semaines. Certaines montagnes avaient même perdu de la hauteur.

Ces nombreux changements étaient à l'origine de l'avalanche. « Le permafrost est un véritable ciment pour la montagne », expliquait un nivologue filmé dans la buée de notre piscine en plein air. Or ce permafrost avait partiellement fondu. Faute de basses températures au début de l'hiver, cette masse invisible était restée souple, instable. Un minuscule tremblement de terre avait certainement secoué l'agrégat rocheux, le glacier s'était partiellement rompu et le sérac avait entamé une irrémédiable glissade. La couche inférieure étant molle, impossible de s'y appuyer, d'où une impressionnante dégringolade sur la pente lisse. De toute façon, la glace s'affine avec la montée des températures. « Nos glaciers n'ont plus rien à voir avec ceux que nous connaissions il y a cinquante ans. »

Le premier réflexe de notre directeur fut de se protéger de la mauvaise publicité qui ternirait notre établissement haut de gamme. Nos directives étaient claires : continuer à dorloter nos hôtes. Nous ne pouvions renoncer à servir tout le monde avec notre niveau d'excellence habituel. Dans les espaces Cervin et Mont Rose, nous redoublions d'application. Le nectar d'edelweiss, auquel les fabricants attribuaient des vertus apaisantes, fut largement utilisé.

Nos médecins et plusieurs de nos soignants s'étaient naturellement précipités pour prêter main-forte aux sauveteurs et tenter de porter secours aux personnes ensevelies. On retirait leurs corps du magma aussi vite que l'on pouvait, mais la liste des morts s'allongeait. Une chapelle ardente avait été dressée dans notre centre de conférences. Une dizaine d'hélicoptères effectuaient des rotations soutenues, les sauveteurs et les chiens travaillaient sans relâche. Le glacier, dans son mouvement, avait coupé la route à un chemin de randonnée très fréquenté.

Notre guide local se félicitait de n'être pas parti ce matin-là avec les quelques randonneurs inscrits au sein de notre établissement. Il répondait, tremblant presque, au correspondant d'un journal régional qui avait osé sauter dans le funiculaire qui ne desservait que l'hôtel en compagnie des sauveteurs et qui fut, par conséquent, un des premiers sur place. Ce reporter filmait notre collègue depuis la terrasse supérieure, avec les opérations de sauvetage pour toile de fond.

Une forte émotion dans la voix, notre guide évoquait l'énorme frayeur qu'il avait connu la veille déjà, alors qu'il accompagnait un petit groupe de clients au pied de la falaise fatale.

« J'ignore encore pourquoi j'ai levé les yeux à ce moment précis, mais j'ai vu un rocher imposant se balancer de gauche à droite avant de dévaler dans notre direction et je me suis jeté sur un de nos promeneurs pour l'écarter de la trajectoire. Nous avons chuté de quelques mètres avant de voir passer le bloc à côté de nous. » Hors antenne, il osa glisser qu'il avait cru apercevoir une frêle silhouette derrière le rocher qui avait basculé. Mais craignant qu'on ne le prenne pour un fou, il ne l'avait pas évoqué face à la caméra. Sa confidence m'a fait sourire. Il y a longtemps qu'on ne croit plus au yéti de nos bandes dessinées ! De surcroît, l'avalanche qui avait suivi le lendemain avait effacé toutes les traces d'une éventuelle tentative de meurtre. Un meurtre qui aurait été parfait, il faut l'admettre.

Notre spécialiste des hauts sommets avait un pied bandé en raison d'une légère entorse, mais estimait que sa blessure était peu de chose par rapport à ce qui aurait pu arriver aux vacanciers. Il la qualifiait de « signe du ciel ». Signe ou pas, ce pied immobilisé l'avait retenu à l'hôtel et avait sauvé une bonne dizaine de nos clients. Nous ne pouvions que nous en féliciter.

Le client « miraculé » lors de cet épisode figurait depuis sa première visite dans nos listes sous le nom de « Jasmin ». Plusieurs membres de la direction le suspectaient d'être un « infiltré ».

Là, je vous dois quelques explications.

Pour le surnom, tout d'abord.

Le Grand-Hôtel est un lieu des plus sélects. C'est un centre de cure, de remise en forme et de chirurgie esthétique unique au monde, situé sur un plateau des Alpes. Il n'est accessible pour le public que par un funiculaire dont l'accès est totalement privé. Hors du temps, des paparazzi et de toute pollution. Têtes couronnées ou stars du show-business viennent ici autant pour le charme du lieu que pour la discrétion. Un endroit loin du tourisme de masse. De Gotha à ghetto, la différence est de peu de lettres, finalement. Nos visiteurs apprécient que cela coûte excessivement cher, ils y voient un gage de qualité.

Le centre thermal est organisé autour d'un noyau central comprenant un restaurant panoramique et une piscine sur le toit; de ce pivot s'étirent trois bâtiments portant les noms célèbres des trois plus hauts sommets de notre pays: Jungfrau, Eiger et Mönch. Il offre une sophistication maximum. Tout n'y est que douceur, moelleux et calme. Un véritable paradis alpin. Les patients se croisent rarement. Ils paient assez cher pour ne pas être vus en peignoir, ce qui n'a jamais avantagé personne.

Les salles de soins, pour être à la fois discrètes et plus hygiéniques, sont individuelles. Toutes construites sur un modèle identique: un étroit passage tapissé de bois débouche sur une jolie pièce ronde. Le carrelage se décline en camaïeu délicat, chaque local ayant sa teinte particulière et bénéficiant d'un puits de lumière procurant clarté, aération et rêverie pour ceux qui savent encore s'y prêter. Trois marches de marbre donnent accès à une baignoire creusée à même le sol, équipée de jets et entourée d'une barrière d'éponges voluptueuses. À chaque soin correspond une musique selon un traitement développé par le médecin responsable, qui allie huiles essentielles et résonances mélodieuses.

Chaque hôte est informé dès l'aube des soins qui l'attendent. Pour lui indiquer dans quelle salle il doit se rendre et à quelle heure, l'ensemble des prestations est inscrit à la main sur un panneau géant installé dans le noyau central où s'arrêtent les ascenseurs. Tracé en lettres anglaises, ce programme quotidien arbore un charme désuet.

Le patient y figure sous le nom de code de sa chambre, ce qui lui vaut en général d'être affublé d'un nom de plante ou de fleur, son véritable patronyme n'étant ainsi connu que du concierge de l'hôtel qui a plus de quarante ans de discrétion derrière lui. On a toutefois la délicatesse de n'attribuer que des surnoms élégants : Cerise ou Gentiane, par exemple. Avouez que Chèvrefeuille ferait désordre.

L'homme avait donc été baptisé Jasmin dans nos fichiers.

Et pourquoi ai-je parlé d'un « infiltré » ?

Nous savions tous que la grande enseigne qui chapeautait l'hôtellerie suisse envoyait parfois des agents pour tester nos infrastructures. C'était de bonne guerre, Michelin le faisait pour les restaurants et il fallait bien offrir aux clients potentiels des repères de qualité. Le personnel des hôtels apprenait peu à peu à les repérer.

Une forte mise en garde avait été prononcée lors d'une récente réunion de notre conseil d'administration en nos murs. La plupart de ses membres avaient profité d'un séjour gastro diététique pour la ligne, d'enrobements à l'hibiscus contre le stress et de randonnées en raquettes pour s'aérer les poumons. Nous étions alors quelques semaines après l'avalanche, quand les experts de la sécurité avaient autorisé la réouverture du centre.

Il avait été question d'étoiles. En gagner, ne pas en perdre, c'était le nerf de la guerre pour qui touchait des dividendes ! Ça ne paraissait toutefois pas essentiel aux yeux de notre directeur qui revendiquait une hospitalité contemporaine et durable et préférait laisser « les étoiles dans le ciel », comme il l'avait répété dans une brochure spécialisée et coûteuse faisant la promotion des plus beaux lieux de la chaîne alpine, de la Bavière à l'Italie, de l'Autriche à la Slovénie, à la Suisse comme à la France. (Oui, nous avions de la concurrence !)

Fier de notre site géographique hors du commun, le directeur avait mis de l'avant nos espaces, nos larges couloirs, nos chambres lumineuses, toutes de bois décorées, dans la pure tradition de la montagne. C'était cela, l'âme de notre hôtel. C'est ce que recherchaient les célébrités qui venaient s'y réfugier.

Parmi les atouts valorisant la qualité de nos soins, il y avait l'eau. Un liquide chaud, on ne peut plus pur, jaillissant à quinze cents mètres d'altitude avec un débit de neuf cents litres par minute. Nous étions au cœur de la plus riche réserve thermale d'Europe, tout de même ! Et cela permettait la satisfaction de nos visiteurs en offrant bien plus de retombées que de médailles.

Mais les administrateurs ne lâchaient rien : nous ne devions, sous aucun prétexte, perdre notre cinquième étoile acquise il y a quatre ans. On attendait de nous une perfection constante et une vigilance extrême si jamais un contrôleur se glissait parmi la clientèle. Tout le personnel avait été réuni et sermonné dans ce sens.

Jeté en pâture par notre patron, le nom de Jasmin ne m'était pas inconnu. Je l'avais croisé la veille de la fameuse avalanche, mais personne ne le savait.

Ayant échappé de peu à la mort grâce à notre guide, l'homme ne s'était pas satisfait de cette aubaine. Il avait menacé d'une plainte pour mise en danger de la clientèle. Il brassait beaucoup d'air. Un client pénible. Mais au lendemain de l'effondrement complet de la montagne, on avait autre chose à faire. Finalement, il avait été rapatrié en plaine comme tous nos hôtes et nous n'en avions plus entendu parler.

Seulement voilà, à peine annoncée notre réouverture, il s'était réinscrit pour un séjour. Dès lors le conseil d'administration avait chargé le directeur de l'avoir à l'œil, de le choyer au mieux. Il avait le profil du parfait « collabo » camouflé par notre instance faîtière.

En fait de bichonnage, Jasmin allait échapper une deuxième fois à la mort dans le funiculaire qui amène nos hôtes à la résidence ! Revenant d'un congé, j'étais d'ailleurs installée dans le même compartiment. Jasmin était assis près de la porte de secours. Il faillit tomber du compartiment lorsque celle-ci, trahissant son nom, s'ouvrit à la volée au-dessus du vide. Quel était l'indélicat qui ne l'avait pas verrouillée ? On ne parvint jamais à le découvrir.

À sa place, nombre d'entre nous auraient opéré un demi-tour et n'auraient plus jamais mis les pieds au Grand-Hôtel. Pas Jasmin. Il s'accrochait. Vociférait. Menaçait. Ce deuxième séjour, offert en compensation du premier, avorté, démarrait très mal.

Il se remettait de ses émotions quelques heures plus tard devant un cognac quand son regard croisa le mien pour la première fois. Il s'y arrêta un instant. Parce que j'étais une femme ou parce que j'avais les yeux de quelqu'un qui lui en voulait ?

Dans les heures et les jours qui suivirent, sous des prétextes flous, j'avais laissé mes collègues le tartiner d'argile à l'harpagophytum, de quoi désenflammer ses articulations, puisqu'il prétendait être parmi nous pour des douleurs rhumatismales. Depuis ce premier échange de regards, j'étais parvenue à l'éviter dans le bâtiment de soin, ce qui était simple puisque j'en connais tous les passages secrets.

L'inspecteur convoqué pour enquêter sur ce que Jasmin considérait comme un « attentat » dans le funiculaire ne trouva rien à redire aux normes de sécurité. Peut-être le verrou avait-il simplement été mal remis à sa place ? Peut-être aussi ne fallait-il pas s'appuyer contre cette porte, surtout quand on avait l'embonpoint de Jasmin ? Mais on ne pouvait démontrer aucune intention criminelle et la plainte resta sans conséquences.

Notre vie reprit son cours.

Au commencement de mon mandat sur place, j'avais mal supporté l'odeur mélangée de spiruline, d'hibiscus et d'abricot ; mais quelques mois plus tard, je n'en étais plus consciente. Nous vivions une sorte d'ivresse continue, chaque curiste ressortant des salles de traitement badigeonné de la tête aux pieds d'un mélange de nos produits. Après quelques semaines de travail dans les lieux, on s'habituait. Notre plus grand souci était de ne pas glisser. Nos chaussures à semelles en caoutchouc étaient totalement inesthétiques, mais elles épargnaient aux curistes le bruit de nos pas. Ici, tout devait être calfeutré. Nos invités venaient s'y détendre et oublier le stress de leur vie publique et médiatique.

Arriva la troisième confrontation de Jasmin avec la mort.
La bonne.

Il trempait comme d'habitude au numéro 7 parce que la baignoire y était pourvue d'un système de massage pour gros gabarits ; le large bourrelet mou qui avait pris la place de sa bedaine n'était plus depuis longtemps un outil de séduction, mais, comme beaucoup de ses congénères, il pensait que les femmes ne s'arrêtaient pas à ça, qu'elles voyaient le charme masculin comme un tout, alors qu'elles étaient tout bonnement plus tolérantes. Bref.

Deux salles plus loin, je soignais Tulipe, une charmante cliente, et m'en portais très bien. Après un gommage au sel des Alpes, elle s'était plongée dans un bain à la spiruline, destiné à redonner de l'énergie à l'organisme.

Mes collègues et moi posions des regards blasés sur ces chairs féminines un brin ramollies pour la plupart, mais certaines fois encore tentantes parce que délicatement charnues. Elles m'amusaient, ces femmes élégantes et très riches, qui essayaient de conjurer l'âge et les rides, aux frais de leurs maris et sans y croire vraiment. Il y a pire pour passer son temps.

Quand l'apprentie s'est mise à hurler, tout le monde a pensé qu'elle avait glissé, une fois de plus, faute d'avoir enfilé les savates réglementaires. On avait beau le lui répéter... Le cri se prolongeant, on y alla. Elle était livide, cette bécasse, quand sa course folle la projeta dans l'estomac rebondi du directeur, qui parvint avant tout le monde devant le box numéro 7.

C'est d'ailleurs lui qui ferma les robinets.

Rouge et gonflé, le corps de Jasmin flottait. La petite sotte – qui avait un don certain pour la tragédie – était tombée à genoux et hoquetait bruyamment. Je constatai avec plaisir que cette attitude mélodramatique énervait le directeur autant que moi. La vieille Juliette, elle, tentait de la calmer.

Arrêt cardiaque. Le médecin ne fut pas plus loquace, en tout cas en notre présence. Il ne fallait rien ébruiter, ce genre d'accident « pouvait arriver », a décrété le directeur, qui trouvait quand même que ça faisait beaucoup. Nous avons tous promis la discrétion, il en allait de notre emploi, vous l'imaginez bien. Même si, dans le visage de notre directeur, j'avais deviné que le décès de Jasmin produisait un léger soulagement.

On avertit discrètement les proches du défunt, aucune autopsie ne fut réclamée et le corps fut emporté dans un linceul sombre pour être enterré là où le mort l'avait stipulé dans une lettre confiée à son notaire. Une « amie » à lui – ces gens-là ont toujours des « amies » –, toute en noir, vint chercher ses effets personnels et on n'en entendit plus jamais parler. L'apprentie traumatisée fut mutée dans la section gymnastique.

Je quittais mon poste trois mois plus tard, souhaitant donner une autre orientation à mes activités. La vie de la cure reprit doucement.

À cinquante-cinq ans, après une existence qu'il estimait réussie, pleine d'argent et de beau monde, Jasmin était ainsi mort bêtement, nu et rose, dans un bain trop chaud pour son cœur fragile. Le service médical n'avait pas été averti de cette faiblesse, que le client dissimulait par coquetterie. Personne ne connaissait sa maladie, sauf lui.

Enfin, sauf lui et moi.

Je savais que la chaleur pouvait lui être fatale. C'est Agnès qui me l'avait dit quand elle avait quitté mon jumeau pour vivre avec Jasmin. Quinze ans auparavant. Ils avaient cassé mon frère, tous les deux. Le départ de sa femme avait provoqué chez lui une faille que rien ne pouvait réparer. Mon amour n'avait pas suffi à le protéger. Il avait mis fin à ses jours deux mois plus tard. À peu près au moment où son ex-femme avait été « remerciée » par Jasmin et où elle s'apprêtait à revenir auprès de lui.

Pendant des jours entiers, j'avais maudit, pleuré, souffert. Et un matin, j'avais décidé que ce gros lard devrait payer. Chacun de nous exorcise comme il peut. Je l'avais rêvé mort. Je le voulais cadavre, il me fallait concrétiser cette image. Ce type était devenu mon obsession, le centre de ma vie, moi qui n'en avais plus vraiment. Seule sa mort comptait.

Je dois reconnaître que j'ai toujours été quelqu'un de pudique. Je ne voulais pas d'un meurtre au fusil de chasse sur la place du village. Non. On a ses élégances tout de même ! Le décès de Jasmin serait raffiné, hors du commun. Non qu'il méritât une quelconque originalité, mais par égard pour mon jumeau, je n'aurais pas supporté de commettre un assassinat banal.

Je suis également quelqu'un de patient. J'avais passé ces quinze dernières années à le suivre, à guetter ses frasques en espérant toujours qu'elles lui seraient fatales. Les salauds – et c'est injuste ! – ont souvent de la chance.

Une succession de hasards heureux m'avait permis de décrocher des petits jobs dans les lieux de cure qu'il écumait en tant qu'agent « infiltré », sans jamais qu'il ne me voie.

Ces séjours de luxe lui permettaient de multiplier les conquêtes.

Il se pavanait, j'attendais mon heure.

J'avais tout perdu, j'avais tout mon temps.

Mais il faut un jour que cela s'arrête. Ce plateau des Alpes devait être notre ultime étape. Cette station hydrominérale lui convenait parfaitement. Ses prix étaient suffisamment élevés pour son standing. Les eaux sulfureuses et magnésiennes contribueraient à son bien-être, le maître-mot du lieu.

Au Grand-Hôtel, la clientèle était élitaire ; le personnel se devait d'être trié sur le volet. Par chance, une place de soignante venait de se libérer dans l'établissement, qui correspondait à mes diplômes. Autre bonheur, je fus affectée au service des bains. C'était la première fois en quinze ans que le destin m'était propice. C'était justice. Notez que je n'ai pas même été émoustillée par la difficulté : tout fut tellement facile !

Le matin même, Jasmin était parti en excursion dans la réserve naturelle toute proche et il avait dévoré son repas de midi. La digestion serait mon alliée. Je me sentais moins seule.

Je n'eus aucun problème à glisser un somnifère dans la tisane qu'il buvait comme tout le monde avant d'aller dans l'eau. Comme prévu, il s'était endormi et je n'avais eu qu'à tourner le robinet rouge, le système de jets assurant une circulation constante de l'eau bouillante et évitant tout débordement. En douceur. On ne l'avait trouvé qu'un long moment plus tard, la main sur le robinet. Trop tard pour lui.

Jasmin est mort sans vraiment le savoir. Stupide jusqu'au bout.

Le destin m'avait bien aidée.

La troisième rencontre de Jasmin avec la mort fut la bonne.

J'avais cru que cela m'exalterait et je n'en fus même pas soulagée.

La vengeance, finalement, n'a pas de goût.

Rien n'est jamais fini

Maureen Martineau

T'as pas à croire tout ce que je vais te raconter, qui suis-je, après tout ? Un simple personnage sorti de l'imaginaire tordu de M., romancière de polar qui, de surcroît, veut séduire son lectorat avec des meurtres commis par des femmes. Attends, là ! Comme s'il y avait de quoi se surprendre, alors qu'on sait que nous sommes toutes capables de cruauté autant que le plus sadique des hommes. Bon, parfois le mobile diffère, et je dirais que les moyens empruntés peuvent surprendre. Y a qu'à voir comment j'ai assassiné P.[1]. Nous nous y sommes mises à dix et avons étiré la sauce. Le pauvre a dépéri à petites doses, au bout d'atroces sévices : cécité (ça, c'était moi), puis un empoisonnement aux fleurs sanguinaires. Je t'épargne le reste. Chacune avait ses raisons, même si les miennes éclipsaient celles des autres. Pendant deux ans, mon patron s'était acharné à gruger jusqu'au dernier brin de ma confiance en moi-même, me dénigrant devant mes collègues. À la fin, je rasais les murs, hallucinée par la crainte de croiser P. dans les couloirs, n'accédant plus à mon bureau que par l'entrée de service. Le moindre

1. Voir « Les Dix », *Criminelles*, Éditions Alire, 2022.

raclement de sa gorge me soulevait le cœur. Je suis devenue folle, je te dis, au point de devoir quitter mon poste pour me faire hospitaliser. À cinquante-sept ans, une carrière, ça ne se refait pas. J'ai tout perdu. Par chance, l'autrice de mes jours a eu la bienveillance de m'épargner la prison, en m'envoyant me faire oublier au Mexique dans le village reclus de Tahueca. Ça fait déjà cinq ans de ça. Si tu savais comment je me suis emmerdée là-bas à traîner mon horrible nom d'emprunt, Aline Lamothe. C'est pourquoi, à force de harceler ma créatrice, j'ai réussi à la convaincre de me faire revenir au pays dans un coin où l'on ne me retrouverait pas. « Voilà ta deuxième chance », qu'elle m'a simplement dit en me ressuscitant pour quelques pages dans son nouveau recueil de nouvelles. « Mais cette fois, je ne peux pas te garantir une fin heureuse. » Et c'est ainsi que je me suis retrouvée à Saint-Antoine-de-l'Isle-aux-Grues, totalement coupée du continent, à la fin d'un hiver sans neige, aux températures les plus chaudes jamais enregistrées au Québec pendant un mois de février.

La petite maison beige au revêtement d'aluminium que j'ai achetée à bas prix offre une vue panoramique sur le fleuve avec une véranda qui longe trois côtés du bâtiment. Pour éviter d'acheter une voiture et demeurer à proximité des services, mon choix s'est porté sur la rive nord-ouest de l'île, à un kilomètre à peine du centre du village. J'étais loin de me douter que cet emplacement me ferait cadeau des époustouflants couchers de soleil que vantent les feuillets touristiques. C'est vrai qu'ils sont uniques, mais il faut voir les levers du jour. C'est cette lumière que je préfère à toute autre. Un horizon de promesses qui chasse la nuit avec ses épées d'or et d'orangé. Je me demande encore aujourd'hui si, au bout du compte, ce n'est pas cette beauté du ciel indicible qui a commandé mon malheur. Avoir échappé à son envoûtement, sans doute qu'aujourd'hui je ne serais pas en train de moisir dans une prison.

Je me souviens du timide matin de février où tout a commencé. Comme je le faisais depuis mon arrivée trois semaines plus tôt, beau temps mauvais temps, j'endossais mon duvet par-dessus mon pyjama et, pieds nus dans mes grosses bottes Sorel, je me plantais debout sur la galerie pour savourer ma première tasse de café en observant le jour devenir un autre jour. Peut-être était-ce cette idée de renaissance qui me séduisait tant. La possibilité de laisser mourir derrière soi les choses du passé et d'enfiler la robe neuve de l'aube. La métamorphose semblait agir. Chaque lundi, je me sentais devenir une meilleure personne. Et ce matin-là, comme pris d'une folie poétique, le jeune soleil dessinait une symphonie lumineuse, accordant en une note parfaite le blanc des nuages et l'étendue glacée. Traversée de son auréole poreuse, je me suis sentie investie d'une mission. Les cieux m'exhortaient à racheter mon crime passé. Pour habiter le sanctuaire sauvage où je venais de m'installer, il me fallait devenir aussi blanche que les oies de Riopelle. J'ai fixé un long moment l'astre du jour avec la promesse de devenir lumière à mon tour, en m'engageant à faire le bien autour de moi.

Voilà, c'était écrit dans les astres, la meurtrière que j'avais été se métamorphoserait en la bonne Aline. Une tâche pas si difficile quand on y pense. Surtout que je possède encore un peu d'argent de la vente de ma maison à Shawinigan, un magot bien au-delà de mes besoins. Je savais déjà *qui* je pouvais aider. Sam, un voisin qui s'échinait des après-midi entiers sur son vieux ski-doo, un Bombardier grugé par la rouille. Une semaine plus tard, lorsque je l'ai vu passer devant chez moi avec un Artic Cat rutilant, j'ai su qu'il avait empoché sans questions les vingt mille dollars que j'avais déposés incognito dans sa boîte aux lettres. Les matins suivants, de ma véranda, je savourais le moment de le voir se rendre sur les glaces du fleuve à la pêche blanche. Les poissons rapportés faisaient le bonheur des deux restaurants de l'île et un peu d'*cash* à Sam. J'étais heureuse de mon investissement. Ma croisade aurait dû s'arrêter là. Mais, emballée par mon œuvre utile, moi qui n'ai aucunement la fibre communautaire, je me suis vue dire oui à quelques heures de bénévolat. Si j'avais su…

Le 1er mars, alors que je me présente au bureau municipal pour y payer mes taxes, la directrice générale, une certaine Rachel Mondou, me retient un instant. « Vous êtes nouvelle chez nous, si je ne me trompe. J'ai quelque chose pour vous. » Sortant une clé d'un tiroir, elle me fait signe de la suivre. Sans poser de question, je descends au sous-sol derrière cette femme aux fesses aussi larges que son sourire. Nous pénétrons dans une grande pièce dégagée. À la vue des piles de chaises qui sont rangées contre le mur, j'en conclus que l'endroit fait office de salle paroissiale. Étrangement, dans un coin, trônent quatre machines à coudre. Et tout à côté, sur de longues tables, sont empilés des tas de tissus colorés, bandelettes brillantes, rubans soyeux et des sacs de babioles kitch.

« Tu sais coudre ? »

Le temps de le dire, j'avais accepté de me joindre à leur groupe de couturières pour confectionner des costumes pour la Mi-Carême. C'était bien la première fois que j'entendais parler de cet étrange carnaval, célébré uniquement dans deux autres villages au Québec – à Fatima, aux Îles-de-la-Madeleine, et à Natashquan. Une tradition qui veut qu'à la deuxième fin de semaine de mars, durant trois jours, par bandes, des personnages costumés aillent de maison en maison parader dans les salons. Une fois leur danse terminée, les résidents doivent identifier qui se trouve sous les déguisements qui les couvrent de la tête aux pieds. Seulement alors, la fête peut commencer. C'était probablement une façon, à l'époque du moins, de briser en deux l'austère carême.

Comme je n'ai aucune idée du type de travail qu'on attend de moi, Rachel m'entraîne en catimini au fond de la salle jusqu'à la porte cadenassée de ce qui semble être un local de rangement. En me confiant la clé, elle pose son index en travers de sa bouche. « Tout ce que tu verras derrière cette porte doit demeurer secret. On y range les costumes des années passées que notre équipe portera durant les premiers jours de la fête. Il faudra les rafraîchir et les ajuster. Et, pour la grande finale du samedi soir, nous en étrennerons de nouveaux. » Puis sans autres façons, elle m'abandonne là, faisant claquer ses talons sur le terrazzo et me lançant du haut de l'escalier: « Amuse-toi bien, Aline! »

Une fois seule, j'introduis la clé dans la serrure avec une certaine appréhension. La porte s'ouvre dans un bruit de grincement sur un cafouilleux débarras. C'est quoi ce cirque? Au premier pas, une odeur rance de sueur et d'humidité m'assaille. Une dizaine de porte-vêtements sur roulettes ploient sous des hardes de toutes sortes. Je tâte en vain le mur de béton, à la recherche de l'interrupteur. Ma main effleure une masse poilue. Un rat? Je laisse échapper un cri. D'une main tremblante, j'allume la lampe de poche de mon cellulaire. Un diablotin velu au sourire fendu d'une large langue semble se moquer de ma frousse. La mâchoire crispée, je me ressaisis. À mesure que je fouille, la fascination l'emporte. Les costumes que je découvre étonnent. Ici, les bras des bouffons sont cousus à la place de leurs jambes et leurs jambes à la place de leurs bras, alors que la tête pend dans l'entrejambe, ce qui donne l'impression que le clown marche sur les mains. Ça me fait bien rire, tout comme l'illusion de cette paire de costumes personnifiant les anches d'un accordéon rattachées ensemble par un soufflet qui s'écarte et se rapproche selon les pas de danse des deux anches. En décrochant un cintre au hasard, je suis vite rassurée par la simplicité du travail. Aux manches découpées au carré de l'habit de moine que j'examine, pas de surpiquage ni de finition à l'*overlock*. Un peu plus loin, le satin bleu d'un vêtement de cow-boy attire mon œil. À y regarder de plus près, faux diamants et parures ont été apposés au fusil à colle. Ce détail me choque. Pourquoi bâcler un si bel ouvrage ? Je me promets de faire mieux, Rachel va étrenner les plus beaux habits du village ! Gonflée à bloc par ma mission de bienfaisance, je me hasarde au fond de la pièce, où je découvre dans l'ombre un *rack* remisé à l'écart. Curieuse, je me rapproche, enjambant une boîte remplie de masques blancs aux joues rouge sang : on dirait des têtes de poupées. C'est alors que le jet de ma lampe balaie une série de chemisiers de couleur crème, et autant de jupes noires mi-longues. Je me fige comme si je venais d'être foudroyée. J'ai devant mon moi l'exacte réplique de la tenue que je porte. Comment est-ce possible ? Mon pouls s'accélère. Ce sont bien mes propres vêtements qui pendent là, relégués à une parure de personnage et venus me rappeler que je ne suis moi-même qu'un vulgaire déguisement destiné à moisir dans l'oubli dès que cette triste histoire sera terminée. La sueur mouille mon front, glisse dans mes yeux. Tout s'embrouille. Prise de tremblements, je détale vers la sortie. Mon angoisse s'est muée en panique. Je peine à avancer, m'empêtre dans les manches de soldats de plomb : on jurerait qu'elles veulent m'agripper. Je me débats tant que je peux pour échapper au piège de tissu, avant de reprendre ma course. L'air me manque. Un des supports roulants se renverse à mon passage dans un fracas de métal. Je trébuche. Étendue au sol, les poils hérissés, je vois avec horreur les monstres de guenilles se pencher au-dessus de moi avec leurs yeux de boutons et leurs bouches brodées de gros fils. Je cours et cours en clopinant refermer à clé cette vision effroyable.

Le soir même, remise de mes émotions, je fais la connaissance de Judith et de Pierrette, les deux sœurs de Rachel. Ce sont des jumelles. En fait, dans leur cas, on pourrait parler de triplettes tant toutes les trois se ressemblent, avec le même sourire figé et leurs larges hanches chaloupant dans un balancement en tout point semblable. Comme j'hésitais à retourner dans le costumier, j'ai obtenu sans objection de leur part de ne travailler que sur les nouveaux costumes. Mis à part les retouches, notre tâche était des plus simples : concevoir cinq déguisements unisexes identiques pour le groupe que Rachel avait mis sur pied dans le plus grand des secrets, comme le veut la tradition. Son choix s'était porté sur des toréadors. Pour s'assurer de l'homogénéité de la confection, il importait de travailler en équipe, chacune s'appropriant une partie de l'habillement. J'ai donc hérité des cinq chemises et des vestes. Tous les mardis et jeudis soir suivants, nos rencontres se sont tenues à la salle communautaire dont les fenêtres avaient été bardées de journaux, stratégie pour éloigner les curieux. Ma frousse du premier jour était déjà bien loin et je prenais goût à cette activité. Particulièrement parce que nous n'avions pas à faire la conversation à cause du bruit des machines à coudre. Il faut dire que j'adore coudre. Sentir les tissus soyeux glisser entre mes doigts alors que mon esprit vaque à mille idées. Pour être franche, je dois avouer que ce mois-là, une seule idée avait pris en otage mes pensées, même si, aussitôt venue, je la chassais avec véhémence. Simon. Le beau Simon, l'homme à tout faire de la municipalité, chargé de se rendre à Montmagny effectuer nos achats. À lui seul, il arborait tous les clichés de la virilité. Tant des biceps en saillie que la peau du front ravinée par le travail au grand air, et ce sourire oblique entrouvert sur une dentition étincelante. Je lui aurais préféré une autre coiffure que sa houppe graissée au gel coiffant, mais bon… quand on vit isolée sur une île de cent cinquante habitants, on se fait moins tatillonne. Le seul hic au tableau, c'était que Simon était le mari de Rachel. Pas touche, je me répétais sans cesse. Mais un soir, alors que j'étais restée seule après les heures habituelles pour terminer les broderies de la veste de mon deuxième toréador, Simon est passé voir si je n'avais besoin de rien. « De la soie rouge », que je lui ai dit. Pour confectionner le nœud du col des chemises : mes provisions étaient un peu justes, il allait m'en manquer.

Il s'est approché pour examiner mon délicat travail. Un éclat singulier a animé ses yeux pendant qu'il caressait le velours noir. Puis il a suivi le fil doré des enjolivures jusqu'à remonter à mes doigts affairés sous l'aiguille. Mon pied a lâché le pédalier de ma machine, laissant le silence nous envelopper. Simon s'est glissé derrière ma chaise. Son odeur saline m'a rappelé l'air du fleuve que je laisse entrer la nuit dans ma chambre. Il a suffi du poids rassurant de ses mains sur mes épaules pour que je me lève et l'enserre. « Il faudrait que tu essaies ta veste », que je lui ai glissé à l'oreille en commençant à le déboutonner. Il s'est laissé faire. La suite a coulé comme rivière, sans questions ni hésitations. Un moment de pure extase. La vie me disait enfin que ça allait, que le bien que je faisais autour de moi m'était rendu. Doux ciel ! Comme je me trompais.

Le malheur ne voyage jamais seul. La première frappe est venue de la colère de la nature. Les désordres climatiques n'épargnent personne. Sur notre île, ce sont les berges qui se font ronger par le déchaînement des marées d'automne, alors que le printemps qui débarque avant son temps crée un mouvement erratique des glaces. Il n'y a qu'à voir les grands radeaux de végétation se faire arracher dans les Hauts-Marais, des milliers d'oies blanches fouiller désespérément les battures à la recherche de scirpe d'Amérique, cette plante qui ne pousse qu'ici et qu'elles adorent. S'il fallait que la plante disparaisse… Inquiète, je l'étais aussi pour le hibou des marais et le râle jaune que j'aimais bien observer aux détours de mes balades au bout de ma rue dans la grande réserve de Pointe-aux-Pins. J'étais à mille lieues de penser que les « désordres » lécheraient ma porte.

Quelques jours avant les festivités de la Mi-Carême, miné par des pluies torrentielles, mon terrain s'est affaissé de trois mètres. Ma maison se rapprochait dangereusement des flots du fleuve. Cela allait m'obliger à enrocher une grande partie de ma cour et à y engloutir le reste de mes économies. Mais c'est surtout mon voisin Sam qui aura payé le prix de cet imprévisible réchauffement, « du jamais vu », comme disent les vieux de l'archipel. La veille de la Mi-Carême, mon café matinal aux lèvres, je l'ai aperçu s'éloigner au large pour aller tendre ses lignes. À midi, alors qu'il repasse toujours derrière chez moi pour revenir dîner, je n'ai pas entendu le grondement de sa motoneige. Un regard à la fenêtre a suffi à m'annoncer que le pire venait de se produire. Sur la mince glace, à cinq cents mètres du passage où le fleuve ne gèle jamais, le cabanon de pêche de Sam tanguait, à moitié submergé. Là où devait se trouver sa motoneige, un trou de grande taille perçait la surface craquelée. Les secours que j'ai appelés sont arrivés dans les minutes pour le repêcher, noyé dans les décombres de sa cabane. Je me suis enfermée à double tour. Les si, si, si, se sont mis à tourbillonner dans mon cerveau embrumé. Si je ne lui avais pas donné cet argent. S'il n'avait pas eu ce ski-doo tout neuf pour aller s'aventurer sur la mince glace… Ma bonté avait causé sa mort.

J'ai eu peu de temps pour me morfondre : les costumes devaient être livrés en fin de journée. Je me suis vite habillée pour me rendre à la salle communautaire. Les chemins étaient boueux, traversés de rigoles. Un dégel beaucoup trop brusque pour un 15 mars.

En arrivant au centre du village, je croise le camion de la voirie et le beau Simon occupé à réparer un bout d'asphalte défoncé par les dernières inondations. Avec son équipe, il en aura pour des semaines à colmater tous les trous de chaussée sur les dix kilomètres de routes qui traversent l'île. La sueur me coule dans le dos : on ne s'est pas revus depuis la semaine dernière. Une fois à sa hauteur, je lui dégote un bonjour enjoué. Me saluant à peine, il se remet au travail. J'insiste. A-t-il acheté ma soie rouge ? Cette fois, il s'appuie sur sa pelle et me fixe droit dans les yeux. « Si tu veux des guenilles, t'as qu'à traverser à Montmagny, ma vieille ! »

J'ai absorbé l'insulte sans rien dire. Ils sont comme ça, les hommes mariés. Une fois leur plaisir pris, ils regrettent et te blâment de les avoir incités à tromper leurs femmes. Bof! Tant que Rachel n'en sait rien, tout va. C'est ce que je me suis dit, une fois penchée sur ma vieille Singer. Pour l'heure, je devais terminer ma couture et retourner sagement chez moi. Et pour la suite, finis le bénévolat et le mécénat.

Mais rien n'est jamais fini. La vie allait me faire payer une dette que j'avais eu tort de croire réglée.

Le soir des festivités, le destin me rattrape. Vers vingt-deux heures, j'arrive à la course chez moi, totalement trempée. Après une douche brûlante, je m'emmure dans la cuisine, toutes lumières fermées. Alors que je m'y tiens coite, à me repasser en boucle les images sordides de la soirée, mes doigts enroulés à ma tasse de tisane, on frappe à la porte. Je sursaute. Encore ces fous de la Mi-Carême qui courent de maison en maison à moitié ivres ! Pas question de leur ouvrir, d'autant plus que j'ai refusé d'être inscrite sur la liste des résidences acceptant les visites. Les coups se font insistants. Comme j'ouvre pour chasser les importuns, ma surprise est totale. Devant moi se tiennent deux agents de police. Sur le coup, je pense à un déguisement. L'instant d'après, je réalise qu'ils ne sont pas masqués. Mon cœur s'emballe.

« Madame Aline Lamothe ? » me demande la jeune policière au chignon tiré. J'ai à peine le temps de confirmer mon identité qu'elle me somme de les laisser entrer, ce que je fais, totalement abasourdie par la situation. Le plus âgé du duo, très grand, se présente comme l'enquêteur Bellefeuille. Je réponds tant bien que mal à la série de questions dont il me mitraille. « C'est bien vous qui avez cousu le costume de Simon Laferrière ? Pourquoi le nœud de foulard à sa chemise est-il noir, alors que les quatre autres déguisements ont des nœuds rouges ? Est-ce que c'était une sorte de code ? Une façon de reconnaître le vêtement ? De brouiller les pistes ? Où étiez-vous plus tôt dans la soirée ? Quelqu'un peut-il en témoigner ? Quelle est votre relation avec monsieur Laferrière ?

Sa femme nous a dit que vous entreteniez une aventure avec lui. Depuis quand ? »

Je réponds par une question, la seule qui me taraude depuis le début de l'interrogatoire : « Simon… est-il en vie ? » L'agent Bellefeuille se penche alors, de toute sa taille, vers moi et m'agrippe le bras avec force. « On va vous demander de nous suivre au poste. »

Quinze minutes plus tard, je suis détenue au port insulaire de l'Île-aux-Grues sur la banquette arrière d'une voiture de police en train d'attendre le traversier qui me conduira au poste de la SQ de Montmagny. Pas pratique d'arrêter des suspects sur une île, surtout avec les vents qui ont cloué à terre le Cessna d'Air Montmagny, l'avion qui assure normalement les transports d'urgence. Car c'est bien ainsi qu'on me considère, un cas urgent à traiter. Mais il y a plus urgent que moi.

Par la fenêtre embuée, je discerne les clignotants rouges de l'ambulance qui transporte la dépouille de Simon. Le véhicule prioritaire vient se garer tout près de nous, suivi d'une Mazda blanche, l'auto de Rachel. Aussitôt qu'elle m'aperçoit, elle baisse sa vitre et se met à crier : « C'est elle, c'est cette folle ! Elle a poussé Simon. Elle l'a tué. Hostie de salope ! Retourne d'où tu viens ! » La policière sort de notre véhicule pour tenter de la calmer. Au volant, l'enquêteur Bellefeuille ne bronche pas, déjà convaincu que c'est moi qui ai fait le coup. Et pourtant…

Comment aurais-je pu ? Je ne devais même pas me joindre au groupe pour courir la Mi-Carême. Je hais ces extravagances et devoir danser pour la galerie, jamais en cent ans ! M'exhiber ainsi n'est pas dans ma nature. Mais à l'heure du souper, l'une des jumelles, Pierrette, s'est trouvée indisposée. Rachel tenait mordicus à ce que nous demeurions cinq : elle et Simon, sa sœur Judith et son mari Albert, et moi-même pour remplacer Pierrette. Nous avions trimé dur pour confectionner nos nouveaux costumes, insistait-elle, ce serait péché de ne pas les porter. Elle m'a tordu le bras. J'ai fini par accepter de personnifier le cinquième toréador, à la condition d'être dispensée du grand rassemblement général de fin de soirée au resto Chez Normand.

Nous avons donc circulé de maison en maison, croisant sur notre route d'autres bandes qui, comme nous, s'étaient accoutrées d'étranges parures. Dans la nuit brumeuse, ma résistance s'est effritée peu à peu. Je me suis laissé séduire par cette atmosphère irréelle dans laquelle chacun joue à être un autre. Pendant quelques heures, incognito derrière ma tenue flamboyante, j'ai éprouvé un rare sentiment de liberté. Toute gêne m'avait quittée, au point que je me suis mise à lancer avec insolence des *Hola amigos, adivina quien soy, idiota*[1] dans un espagnol rudimentaire que j'avais appris durant mon exil. Ça nous a d'ailleurs bien servi, puisque je suis devenue « l'énigme de notre groupe ». Pour confondre les familles qui nous recevaient, Judith s'empressait de me pousser à l'avant-scène. Qui était donc ce citoyen dont personne n'arrivait à déceler l'identité ? Après avoir fait durer le mystère, Rachel reprenait le plancher, et immanquablement, dès la première ronde, avec son déhanchement reconnaissable entre mille, elle se faisait démasquer. Ainsi avions-nous établi un stratagème gagnant et la bonne humeur roulait dans nos rangs. Dans l'euphorie de la soirée, j'avais même fini par accepter de goûter à une bière artisanale. Et que dire de ces savoureux fromages dont je me suis empiffrée à la Fromagerie de

---

1. Salut mon ami, devine qui je suis, idiot !

l'Isle ! Ma région d'adoption possède vraiment un terroir de trésors que je me jurais de découvrir. Et tous ces gens, si avenants… J'étais chez nous, acceptée de tous, une Gruoise parmi les Gruois.

Notre éreintante tournée achevait enfin. Profitant d'une accalmie d'averses, nous progressions à pied sur le chemin du Roi. Les longues randonnées n'ont jamais été ma force et mes jambes m'élançaient à mourir. D'autant plus que la chaussée qui longe les berges dans le secteur du vieux quai où nous étions était quasi impraticable, défoncée en plusieurs endroits par des glissements de terrain.

Ça explique pourquoi, depuis un moment, je suis là à traîner derrière sans que le groupe ne remarque mon retard. Il faut dire qu'à nous vient de se joindre un quatuor de Pharaons qui sont pas mal sur le party, tous à gueuler à tue-tête la chanson paillarde : « *Il est des nôtres, il a bu son verre comme les autres…* » Il n'y a que le beau Simon qui a bien vu que j'en arrache. Même masqué, je le reconnais parmi les autres toreros à son costume qui brise l'unité avec le nœud noir que je lui ai fabriqué, faute de tissu rouge. Il jette un œil dans ma direction, ralentit le pas. Un noble geste du cœur qui lui sera fatal. Je mets de longues minutes à avancer, toute concentrée à éviter le fossé qui borde la route. « Je vais rentrer. Tu peux aller rejoindre les autres », que je lui crie à distance en observant notre groupe au loin tourner le coin de la rue. Simon semble gêné, il s'attarde encore un peu. « Je m'excuse d'avoir été bête, l'autre jour », commence-t-il par me dire en marchant vers moi. Puis : « Ma femme et moi, on ne se fait pas de cachettes. Je lui ai raconté pour nous deux, et… » À l'instant de terminer sa phrase, je le vois perdre pied. Un bout de gravier s'est effrité sous ses semelles. Il glisse, bat l'air des mains. Une seconde à peine, et il a disparu. Le son des vagues enterre son cri. Par instinct, j'ai fait un pas de recul pour échapper à l'éboulis. Ce n'est qu'une fois sur la terre ferme que je constate avec effroi que la bordure de la route n'est plus qu'une immense crevasse. J'ose quelques pas vers le parapet à moitié arraché. Mon cœur se révulse à la vue du corps du beau torero qui gît en contrebas dans la boue, le crâne éclaté sur un rocher. Mon premier réflexe est de courir vers les autres pour les avertir. Appeler les secours... Vite ! Au bout d'une marche pénible qui me semble une éternité, je pousse la porte du restaurant où tout le village s'est donné rendez-vous. Attablée avec les siens, j'aperçois Rachel qui lève vers moi un regard brouillé par l'alcool. Au moment de l'interpeller, cinq pâtissiers surgis de nulle part m'entourent en riant dans leur barbe blanche. « Tu vas où comme ça avec ton joli *montera*[1] ? » Je sens aussitôt mes pieds quitter le sol. Une dizaine de bras me font tournoyer dans les airs sous les encouragements d'une Rachel déchaînée qui s'est jointe à eux. « Allez-y à fond ! Il paraît qu'elle aime ça, s'envoyer en l'air. » Quand on me dépose enfin, tout tourne autour de moi. L'envie de dégueuler me prend. Je fais quelques pas, chancelante sous les huées moqueuses des fantômes qui m'encerclent. Je vacille, bercée d'une chorale de Ohhh... Ahhhh... traînants, puis m'effondre à genoux. La poitrine soulevée de hoquets, je redonne à la terre les fruits de son précieux terroir. M'abandonnant à mes vomissures, ne remarquant même pas que Simon n'est plus parmi eux, les fêtards grisés par la mascarade rejoignent la piste de danse en ânonnant : « Elle n'est pas comme les nôtres... elle n'a jamais été des nôôôôôtres... »

1. Coiffe de toréador.

Comme s'il avait suivi le cours de mes pensées, le détective Bellefeuille se tourne vers la banquette arrière où je ressasse le cauchemar des dernières heures. « C'est par jalousie que vous avez poussé la victime dans une des crevasses qui défoncent la route ? Une chicane entre amants, ça s'est déjà vu. — C'était un accident !, que je me mets à crier. — Un accident ? Et les coups de ciseaux dans la poitrine, vous les expliquez comment ? — Quelqu'un cherche à m'incriminer. — Va falloir être plus convaincante que ça, chère madame, car c'est bien votre paire de ciseaux qu'on a retrouvée plantée en plein cœur du pauvre homme. — C'est pas moi ! — On va laisser les empreintes parler. » Disant cela, il fait démarrer la voiture. Au quai, le traversier vient de s'amarrer. Dans un instant, il m'emportera à jamais dans les filaments de brume qui s'élèvent du fleuve.

Voilà où j'en suis aujourd'hui, en attente de mon procès dans une prison pour femmes dont je ne connais même pas le nom. Je ne peux t'en dire davantage, car M., romancière de polar, hésite encore sur le dénouement à apporter à mon drame. Je devine assez bien que ce sera une histoire qui se termine mal : je recevrai sous peu une lourde sentence pour un crime que je n'ai pas commis, alors que ma faute originelle demeurera impunie.

Mais, bien pire que la peine à perpétuité, sache que ma véritable condamnation, c'est d'être mise au rancart, d'avoir quitté l'imaginaire de M., d'être déjà relayée par d'autres personnages plus inspirants. Ma seule voie de sortie serait d'attirer son attention avec un nouveau méfait d'une atrocité telle qu'elle ne pourrait faire autrement que de piocher sur son clavier.

De fait, je mijote déjà un plan. Ma voisine de cellule, un peu simple d'esprit, Marie-Marthe[1], semble m'avoir prise en affection. Hier, elle m'a saisi la main et l'a posée entre les replis de son ventre pour me confier un secret. Elle est enceinte, qu'elle prétend. Obèse comme elle est, personne ne s'en doute. Moi, je la crois. Elle aimerait bien que je lui porte assistance, le moment venu. J'ai dit oui, sans hésiter.

Voilà ma dernière chance d'inspirer M. Mais ne te méprends pas. Ce ne sera pas pour faire le bien, un chemin qui, jusqu'ici, ne m'a attiré que des ennuis.

1. Voir la nouvelle « Le châtiment de l'eau », p. 65.

Cette femme-là

Michèle Pedinielli

Tu vois, cette femme-là, j'ai toujours pensé qu'il fallait s'en méfier. Alors que sur le papier on aurait pu devenir amies : on a toutes les deux dépassé la quarantaine, on est célibataires et sans enfants… Dans un village comme ici, ça aurait pu être trois facteurs de rapprochement décisifs. Mais non. Elle m'a hérissé le poil dès le début. Je ne juge pas sur le physique, tu me connais, mais son air de sainte-nitouche permanent, là, c'est pénible. Pénibles aussi ses grands yeux clairs que j'ai toujours trouvés faux, comme s'ils avaient été peints sur son visage à partir d'un modèle de poupée. Comme si, le soir venu, elle les enlevait en rentrant dans sa jolie chaumière rénovée pour retrouver les siens, les vrais, des billes de glace sans transparence.

Alors, c'est sûr que, depuis son emménagement après le confinement, Anne-Catherine plaît à beaucoup de monde au village, en commençant par tous les vieux qui vont à la messe puisqu'elle y assiste chaque dimanche. Elle en connaît toutes les chansons (on dit *chants* peut-être, non ?), les moments où on se lève, ceux où on génuflexe… Elle reste toujours après l'office pour parler avec le curé afin de régler des histoires de paroisse, elle appelle ça « se rendre utile à tous », mais en fait je vois bien que c'est pour prendre le contrôle sur ce qui se fait et ce qui se dit dans le village.

Et puis ces fêtes qu'elle a décidé de nous organiser à chaque changement de saison officiel… *Fêtons le printemps! Vivons l'été! Accueillons l'automne!* Que d'exclamations pour tous ces intitulés si originaux! Et quel *fun*, mes amis! Des kermesses d'école avec courses en sac, jeux de quilles et parcours d'obstacles. Tout ça sans boisson, bien sûr, parce qu'elle répète à l'envi de sa voix haut perchée le vieux slogan publicitaire, « *Sans alcool, la fête est plus folle!* ». Et c'est parti pour une journée de gamins qui piaillent et de parents qui hurlent quand l'un d'entre eux s'est empêtré dans son sac de jute ou que l'autre n'a pas gagné sa course… On aurait pu penser qu'en hiver elle nous foutrait la paix, n'osant pas rivaliser avec 1) la naissance de Jésus, 2) la Saint-Sylvestre, 3) l'arrivée des Rois mages. Eh bien non. Elle a quand même instauré la fête *Bonjour Hiver*, la seule saison sans injonction, le dernier samedi de janvier. Une fête à base de pains d'épices, de jus de pomme chaud – toujours pas d'alcool, même pour se réchauffer – et de concours de bonshommes de neige, point d'orgue de la journée. Elle a aussi monté une chorale qui répète une partie de l'année des trucs religieux qu'ils chantent ensuite pendant que les enfants s'excitent pour confectionner leurs tas de neige plus ou moins convaincants. Elle trouve ça très américain. Je crois que pour elle, c'est le comble de la modernité.

Le pire, c'est que ça attire du monde. Les gens du bourg, bien sûr, mais aussi des alentours, voire de plus loin, des sortes de touristes. Cette espèce qu'on n'avait jamais eu l'occasion de voir déambuler dans ce village tout à fait inintéressant.

Le maire s'extasie bruyamment devant les retombées économiques dont bénéficient Bernard, le patron du bar (tu parles qu'il est content, lui, je me demande s'il n'a pas un *deal* avec l'obsédée du jus de pomme), et Juliette qui a trouvé là la seule occasion d'écouler les trucs très laids qu'elle fait en poterie. Mais c'est à peu près tout en ce qui concerne la joie financière, parce que ce village au bout d'une route perdue ne compte même plus un boulanger, ni un épicier ou un marchand de journaux, tous remplacés par l'hypermarché monstrueux implanté à dix kilomètres.

Tout ce monde, tout ce bruit et ce surcroît de carburant qui envahissent les rues m'horripilent. Alors le dernier samedi de janvier, comme à chaque festivité de saison, je m'échappe pour ne revenir que le lundi.

Sauf que cette année, pas de neige. On a bien eu quelques flocons à Noël pour faire briller les yeux des gosses qui ont confectionné des nains de jardin en neige parce qu'ils n'ont pas pu monter leurs bonshommes très haut. Les petits monticules ont rapidement fondu, ils n'ont même pas tenu jusqu'au jour de l'an. Et puis on a attendu en guettant les nuages. Mais rien, *nib*, que dalle ! Pire, une espèce de petit air doux s'est installé. Des températures « anormalement élevées », comme ils disent à la météo. Le thermomètre a frôlé les 14° et on a laissé tomber bonnets et gants.

Au fur et à mesure qu'avançait cet étrange mois de janvier, j'étais inquiète. Bien sûr que j'appréciais le souffle tiède sur mes joues et que je trouvais plaisir à fermer les yeux au soleil. Mais ensuite, j'allais dans mon potager pour constater que toutes mes plantations avaient le même réflexe que moi : pointer le bout de leur nez pour profiter du beau temps. Alors qu'en cette saison tout le monde aurait dû rester bien au chaud sous la terre pour prendre des forces avant l'éclosion du printemps ! Je regardais les pousses tendres et les bourgeons qui s'enhardissaient en pensant qu'ils seraient tous fauchés par la prochaine gelée.

Anne-Catherine montrait des signes d'anxiété bien pires que moi. Nous avions basculé dans la nouvelle année et il n'y avait aucune raison visible de dire bonjour à l'hiver. C'était mal barré pour les jus de pomme et les bonshommes de neige.

Imaginer une annulation, c'était mal connaître cette espèce de cheffe scoute à l'optimisme chevillé au corps et à la joie exubérante. Exaspérante. Anne-Catherine a convoqué une « assemblée générale citoyenne extraordinaire » du village, quatre mots boursouflés pour remédier au manque de neige. Attends, pas pour réfléchir au dérèglement climatique et comment trouver des solutions locales à l'échelle citoyenne. Non, un *brainstorming* spécial « Il faut sauver le soldat Hiver et ses bonshommes de neige ». J'ai dans un premier temps envisagé le boycott de cette réunion mais finalement j'y suis allée parce que, comme disait Cesare Pavese, « *la seule façon d'échapper à l'abîme est de le regarder, de le mesurer, de le sonder et d'y descendre* ». Il ne devait pas penser exactement à Anne-Catherine en écrivant cela, mais j'ai pu à cette occasion constater le vide abyssal du cerveau de nombre de mes concitoyens.

Nous étions une vingtaine dans la salle polyvalente. Je me suis installée au fond pour observer Anne-Catherine en meneuse de débats ou plutôt en « déclencheuse de bonnes idées », comme elle s'était rebaptisée pour l'occasion. Ça ne déclenchait pas trop au début, à part Bernard, concerné au premier degré par son bar, mais pas non plus le couteau le plus aiguisé du tiroir. Il a proposé avec enthousiasme un concours de sculptures sur glace pour remplacer les bonshommes de neige avant de se rendre compte devant le regard navré d'Anne-Cat (ils l'appellent tous comme ça) et légèrement goguenard des autres qu'il était en train de dire une connerie.

Tout s'est donc passé comme je l'imaginais. Une heure d'ennui profond au terme de laquelle l'assemblée enthousiaste a débouché sur l'idée d'un concours de construction en briquettes de bois – quitte à coller les petits éléments entre eux pour être sûrs qu'ils tiennent bien ensemble. Parce que toutes ces petites planchettes seraient mobilisées pour édifier… devinez quoi ? Des bonshommes de neige. J'ai trouvé ça tellement con que j'ai voté pour, histoire d'assister au spectacle de familles entières pétant les plombs pour construire des sphères à partir de parallélépipèdes rectangles. J'ai décidé de ne pas fuir la fête cette année.

Le dernier samedi du mois de janvier est arrivé avec un magnifique soleil qui a conforté les habitants dans le choix de la briquette en bois. Anne-Catherine en avait presque les larmes aux yeux, on allait pouvoir fêter l'hiver même si l'hiver n'existait plus et c'était ça l'important : le respect des traditions même quand on court vers l'extinction. Serre-tête en velours bleu marine, doudoune sans manches de la même couleur et chaussures de marche, elle arpentait la place, vérifiant que chacun était installé correctement, distribuant sourires éclatants et conseils pour se garer pas loin avec la même énergie. Vers dix heures, je me suis installée à la terrasse de Bernard qui était remplie d'inconnus dégustant pintes de bière et pastis.

Une terrasse de bar, ouverte ici à cette époque de l'année… Bonjour Hiver ! Anne-Catherine a finalement rejoint le stand de jus de pomme en vérifiant que tout son matériel était bien en place. J'ai sorti mes clopes et mon briquet en la regardant. Elle m'épuisait.

Trois quarts d'heure d'écoute de chants de Noël déversés par haut-parleur et d'observation du va-et-vient festif : on touchait à la limite de ma sociabilité pour la journée. J'étais en train de me lever pour payer Bernard lorsqu'une silhouette venue d'un autre temps s'est arrêtée au stand de jus de pomme, juste devant moi. Je me suis figée dans mon mouvement. Il a dû sentir quelque chose parce qu'il s'est retourné. On a échangé un regard qui a duré une éternité et demie mais qui est passé inaperçu pour le reste du monde. J'ai placé un euro à côté de ma tasse de café et j'ai pris la direction de chez moi. Sans courir. Tranquillement. Respire et réfléchis. Lui, ici. C'est impossible. Inconcevable. Et pourtant.

Quelques instants plus tard, il frappait à ma porte. « Salut Dolores. » Il souriait. « Je m'appelle Laurence. » Il souriait toujours. « Comme tu veux. » Et je l'ai laissé entrer.

D'aussi loin que je me souvienne, Yorgos Angelopoulos avait toujours été bavard. Bavard, souriant, débonnaire. Un peu le cliché du Méditerranéen jovial et exubérant, avec ce léger accent agréable. Comme quoi, on pouvait tout à la fois être l'homme de main de feu mon mari et parfaitement sympathique. Il n'a pas fait de commentaire hypocrite sur le temps qui passe et ne m'atteint pas. Parce qu'après tout, malgré mon pull informe et mes mèches grises attachés n'importe comment, il avait reconnu Dolores, l'intouchable « femme de », toujours habillée et maquillée avec élégance, un cran au-dessus de la foule. La fierté de son patron, la femme-trophée aveugle et sourde, qui se gargarisait de culture et d'opéra pendant que son mari gérait l'un des plus gros trafics de drogue du sud de la France. Lorsqu'il a été buté avec la moitié de ses lieutenants, j'ai fui Marseille. J'aurais pu m'installer dans n'importe quel endroit du bout du monde après avoir vidé tous nos comptes. Mais j'ai choisi un bled improbable dans la Creuse. J'étais sûre que personne ne me trouverait là. Jusqu'à aujourd'hui.

Je n'avais pas peur de Yorgos. C'était un fidèle de mon mari et moi, je n'avais pas trahi. Je lui ai offert un café.

« Qu'est-ce que tu fais ici ? » Je n'avais pas envie de parler de la pluie et du trop beau temps. Je craignais qu'il ne soit que le premier d'une longue liste de problèmes, alors j'ai évité les bla-blas.

« Ma femme a un cancer. »

En revenant à la maison, j'avais envisagé une demi-douzaine de scénarios. Sauf celui-là. J'ai bredouillé un vague « Je suis désolée » et j'ai attendu la suite. Il a juste ajouté : « Un cancer incurable. » Je ne savais toujours pas quoi répondre. Il m'a regardée d'un air étrange.

« Elle souffre. Et la morphine n'agit plus. » Il a posé sa tasse, s'est penché un peu vers moi et a patienté comme s'il attendait une réponse à cette affirmation implacable. Qui bien sûr n'est pas arrivée, mon cerveau tournant désespérément à la recherche de sens.

« Yorgos, c'est affreux. Mais qu'est-ce que je peux y faire ? »

Il s'est appuyé contre le dossier du fauteuil en levant un sourcil. Puis il a éclaté d'un rire bref.

« Ça fait combien de temps que tu es dans ce bled, Dolores ? Douze ans ? J'ai l'impression que tu ne te mélanges pas trop avec les autres. Comme avant, quoi. Je me trompe ? »

Je ne comprenais toujours pas où il voulait en venir. Et ça se voyait. Alors il a articulé de manière exagérée.

« La femme qui tient le stand de jus de pomme.

— Anne-Catherine ?

— Comme toi tu t'appelles Laurence. »

J'ai écarquillé les yeux pour déceler l'indice d'une blague dans ceux de Yorgos. Mais non. J'ai allumé une cigarette.

« Dolores-Laurence, telle que je te connais, tu as dû choisir ce village perdu parce qu'il est justement perdu au milieu d'un des départements les moins peuplés de France et dans l'un des endroits les moins accessibles de cette région. Tu m'arrêtes si je me trompe… Bon. Tu as acheté une maison un peu en dehors - elle est très jolie d'ailleurs - et tu as fait en sorte de ne pas attirer l'attention sur toi. Tu n'as pas d'enfant à mettre à l'école et ça m'étonnerait que tu fréquentes l'église. Tu as organisé ta nouvelle vie en restant à l'écart, y compris de la petite communauté de ce bled. Tu as bien réussi, je pense. Tellement bien que tu ne dois connaître personne aux alentours. Je suppose que tu ne fréquentes pas Louise Clairet, alias Anne-Catherine. »

J'ai écrasé ma clope fumée beaucoup trop vite. Il a poursuivi.

« Moi, je la connais parce qu'elle a fait de la prison avec Anita. Ma femme. Anita avait plongé pour une connerie et elle n'a fait que deux mois. Louise, elle, était incarcérée pour meurtre. »

Il a laissé passer un ange qui s'étouffait à cause de la fumée. Je suis allée ouvrir la fenêtre. Il faisait vraiment doux. Yorgos était un conteur hors pair, je me suis rassise sagement en face de lui.

« Elle a assassiné son mari. Anita m'a dit qu'elle aurait pu bénéficier de circonstances atténuantes parce qu'il lui tapait dessus. Mais ça n'a pas marché parce qu'elle n'avait pas choisi la façon la plus rapide de se débarrasser de lui. Au contraire, elle s'était débrouillée pour qu'il souffre un bon bout de temps. Elle l'a empoisonné. Tu savais qu'elle s'y connaissait en plantes ? Non, évidemment. Apparemment, elle avait concocté un mélange sur mesure, rien que du simple et du bio. Du genre que tu peux faire pousser dans ton jardin. Le gars a vraiment souffert avant qu'elle ne lui donne un dernier truc radical. C'est fou la nature, c'est bien joli à l'extérieur mais à l'intérieur, plein de trucs mortels ! »

J'étais toujours bouche bée. J'essayais de faire coller l'image de la dame paroissiale avec celle d'une empoisonneuse. J'avais du mal. Je tentais aussi de déterminer quelles étaient les chances pour que la veuve d'un chef de gang en cavale se retrouve dans le même trou paumé qu'une meurtrière à serre-tête. Une sur un million ? un milliard ? De toute évidence, c'était suffisant.

« Je suppose qu'elle est sortie de taule il y a trois ans ? »

Yorgos acquiesça.

« D'accord. Je résume : je m'installe il y a une douzaine d'années dans cet endroit inconnu de la plus grande partie du genre humain où je vis sous le radar des flics et des truands, j'y passe un confinement extraordinaire pendant lequel j'ai encore moins de contacts que d'habitude, puis débarque une folle de la messe qui s'obstine à organiser régulièrement des festivités que j'évite. Et lors de la seule à laquelle j'assiste, toi, Yorgos, tu apparais pour lui acheter du jus de pomme et m'apprendre dans la foulée que c'est une empoisonneuse. » J'allume une nouvelle cigarette. « Il n'y a qu'une seule question et je ne veux qu'une réponse : qu'est-ce que tu fais là ? »

Je le fixai droit dans ses yeux bruns qui s'emplirent soudainement de larmes.

« Anita. » Il sortit un mouchoir pour s'essuyer.

« Anita ne veut plus souffrir. C'est terrible, Dolores, tu ne peux pas savoir. Les toubibs disent qu'ils sont arrivés au bout du protocole. Qu'il n'y a plus rien à faire. Qu'à attendre. Tu imagines ? Attendre qu'elle agonise ? Alors on a contacté Louise. Qui a accepté. » Il tapota la poche de son blouson. « Elle a accepté de libérer Anita. »

Je regardai la poche comme si je pouvais voir à l'intérieur. Je comprenais le courage d'Anita et l'acte d'amour de Yorgos, mais…

« Combien pour ce sur-mesure ? »

Yorgos sourit en écartant les mains comme si lui non plus n'y croyait pas.

« Rien. Elle dit qu'elle fait ça par humanité, pour Anita. »

Là, j'avais encore plus de mal.

« Cette femme va à la messe tous les dimanches, cul et soutane avec le curé, mais tu m'affirmes qu'elle aide son prochain à s'ôter la vie, le péché ultime qui excommuniait les suicidés et les envoyait à la fosse commune il n'y a pas si longtemps. Donc soit son affichage religieux, c'est un grand tralala pour couvrir ses agissements et elle te fait payer ses services, soit… »

Yorgos a secoué la tête.

« Non, Dolores, je t'assure. La religion, c'est sérieux pour elle. Elle a eu une crise mystique en prison. Une révélation ou un truc comme ça. Elle est devenue très catholique.

— Et elle accepte d'aider Anita ?

— Elle accepte d'aider Anita. C'est très difficile pour elle, avec sa conscience et ses… principes. Mais elle le fait. Gratuitement. Et nous ne sommes pas les premiers à lui demander de l'aide.

— Elle l'a... fait plusieurs fois ?

— Oui.

— J'ai une dernière question : tu lui as parlé de moi ?

— Non. »

Je n'ai pas insisté plus longtemps parce que Yorgos avait hâte de retrouver Anita et de vivre ce qu'il leur restait à vivre ensemble. Nous nous sommes serré la main avec la conviction que c'était la dernière fois que nous nous voyions. Je n'ai rien eu à exiger de lui en termes de discrétion (je n'étais plus personne pour exiger, d'ailleurs), car je savais que Yorgos était un homme droit. Un tueur loyal.

Je suis restée toute la soirée avec mon paquet de cigarettes, auquel j'ai rajouté une bouteille de rhum cubain. C'était ma recette pour réfléchir activement.

J'ai d'abord pensé à Anita que je ne connaissais pas, que j'imaginais au fond d'un lit, déterminée à ne plus souffrir. J'avais emporté dans ma fuite mon Beretta marseillais et une boîte de munitions. D'abord pour me protéger. Au bout de quelques années, il était devenu mon assurance : je mourrai au moment où je l'aurai choisi. En dépit de cette foutue religion qui interdit de se suicider : l'être humain doit diminuer, agoniser, souffrir, oui surtout souffrir, et agoniser avec le nom de Dieu sur les lèvres pour gagner une hypothétique place au paradis. Et on n'est pas aidé par des lois si restrictives qu'on se demande si, malgré notre séparation de l'Église et de l'État, elles n'ont pas été écrites par les mêmes curés ! Ne me lance pas là-dessus, je ne m'arrêterais pas. Moi, j'avais prévu une dernière balle. Puis je m'étais rendu compte qu'avec la mort, ce n'est jamais aussi simple que ça.

La suite logique de mes pensées m'a emmenée vers Anne-Catherine-Louise avec qui la mort avait l'air assez simple finalement. Je n'avais pas demandé à Yorgos plus de détails, mais j'imaginais un mélange de plantes réduites en poudre. « Bio et naturel », il avait dit. Quelque chose qu'elle faisait sans doute pousser chez elle, dans son jardin. Plus silencieux qu'une arme à feu. Plus efficace encore que des poches remplies de cailloux avant d'entrer dans la rivière.

J'ai essayé d'imaginer son tourment de catholique fervente (si elle l'était vraiment) et de pourvoyeuse de mort attendue. Et puis non, j'avais suffisamment de tourments à gérer moi-même.

Le lendemain, j'ai évalué l'heure décente pour lui rendre visite : de quoi la laisser se reposer de ses jus de pomme et des humains surexcités qui avaient envahi la place du village pour sa fête du presque hiver. Elle n'a pas répondu à mon coup de sonnette ; j'avais oublié la messe du dimanche.

Je me suis installée sur un banc en fer forgé devant son perron en observant son jardin bien propret : une pelouse à l'anglaise, une vasque surmontée d'une nymphe en pierre, l'inévitable arche de jardin recouvert de rosiers inoffensifs. Le terrain arrière était sans doute plus intéressant : je crois que je saurais reconnaître des plants de datura, de belladone ou de digitale. J'ai attendu sagement sans bouger. Elle est arrivée peu après que les cloches ont eu sonné la fin de l'office. Elle n'a pas eu l'air étonné de me voir là. Sans rien dire, elle a ouvert la porte et m'a fait signe de la suivre.

Tu sais, je m'étais trompée sur beaucoup de choses à propos d'elle. Mais pas sur ses yeux. Lorsqu'elle pénétrait chez elle, loin du regard des autres, ses vrais yeux étaient bien glacés comme je les imaginais. Elle a posé son sac et sa bible et m'a enfin adressé la parole. Sa voix était descendue d'une octave.

« Je t'offre un café, Dolores ? »

J'ai affermi la prise sur la crosse du Beretta dans mon blouson.

« Avec plaisir, Louise. »

Automne

Si la photo est bonne

Corinne Jaquet

Quelques heures avant le drame, on ne se méfiait de rien. Il faisait enfin un peu plus frais.

Ceux qui le pouvaient se promenaient au soleil. Dans les bureaux, on osait encore les chemises ouvertes. Depuis le début de septembre, les enfants avaient repris le chemin de l'école et des retraités se baignaient dans une rade tiédie par la fin d'un été brûlant, heureux de se réapproprier les berges du lac.

En fait, on aurait dû se douter de quelque chose, parce que les bulletins météo, que ce soit à la télé ou à la radio, prévoyaient l'arrivée d'une dépression « pouvant être violente ». Mais on s'en amusait. Plusieurs fois, pendant l'été, on nous avait prédit le pire alors que, finalement, les orages s'égayaient un peu plus loin, un peu moins fort, disparaissant souvent aussi vite qu'annoncés.

Cette naissance de l'automne déployait sur la rade des teintes mordorées. Il y avait en suspens une vapeur humide qui transcendait les couleurs. La matinée s'était déroulée dans le calme. Le reporter d'un journal local se faisait plaisir en captant des images colorées de ce beau moment. Depuis un parc s'inclinant en pente douce vers la rive, il gravait sur sa pellicule des scènes banales, deux personnes en chemises bariolées sur un pédalo qui maintenaient de la main leurs casquettes sur la tête, un père et un enfant faisant du cerf-volant, une femme au chapeau mauve grimpant dans une barque verte arrimée au ponton, un chien noir se jetant dans l'eau à la poursuite d'un bâton, des jeunes gens qui s'éclaboussaient et jouaient au ballon.

La météorologie nous jouait des tours. L'été traînait les pieds. D'un point de vue scientifique, l'automne déploie ses effets du 1er septembre au 30 novembre, c'est vrai. Mais d'année en année, il devenait difficile de penser, même au moment des vendanges, qu'on s'éloignait de la belle saison.

Ce jour-là, vers seize heures, l'air s'était mis à prendre davantage d'espace. Quelques marins audacieux et souhaitant s'amuser avec des vents plus soutenus guettaient le gros temps annoncé à bord de diverses embarcations à voile. On aurait pu croire qu'une régate se préparait. À cette entre-saison, chaque occasion de naviguer une dernière fois était bonne à prendre et certains ont le goût du défi.

Les baigneurs les plus raisonnables, eux, regagnaient la rive en apercevant des nuages noirs. Les feux à éclipse qui alertent en cas de tempête avaient commencé leurs rotations. Les pédalos revenaient vers le bord. Seules quelques barques voguaient plus au large. La lumière orange du phare scintillait encore à un rythme raisonnable d'environ quarante apparitions par minute, ce n'était encore qu'un « avis de fort vent ».

Et la nuit nous tomba dessus.

D'un coup. À dix-sept heures.

Quelqu'un, là-haut, avait éteint la lumière !

Un front orageux qui avait traversé plusieurs cantons du centre du pays en partant de l'est avait dévasté des installations techniques et des exploitations agricoles. Il se jetait à présent sur le Léman. En une dizaine de minutes, les vents avaient forci jusqu'à atteindre cinquante nœuds. Les navigateurs aguerris s'accrochaient de leur mieux, mais de nombreux voiliers démâtèrent très vite. Des équipiers tombaient à l'eau, des voiliers se couchaient, d'autres bateaux chaviraient, certains coulaient, des voiles se déchiraient, les collisions se multipliaient. Les vagues ne suivaient plus de logique, elles partaient en tous sens, soulevant des canots, emportant des branches arrachées à la rive. Des creux de plus d'un mètre cinquante embarquaient tous les déchets flottants. La visibilité n'excédait pas une centaine de mètres. Les seuls détails à accrocher le regard étaient les fusées de détresse déclenchées un peu partout.

Ceux qui parvenaient à se maintenir à flot récupéraient des naufragés qui usaient désespérément de leur sifflet d'alerte, la tête sortant à peine de l'eau, engoncés dans leurs gilets de sauvetage.

Impossible d'envoyer des secours, les hélicoptères auraient virevolté comme des feuilles mortes ! C'était tout autant dangereux pour les sauvetages de surface… On saurait bientôt que les clignotements acharnés du feu en mode « avis de tempête » ne mentaient pas en apparaissant presque cent fois par minute : on compterait alors, par moments, des rafales montant jusqu'à cent quarante kilomètres à l'heure !

Le coup de tabac ne dura pas une heure.

Une éternité, une apocalypse.

Du jamais vu sur notre lac.

Et le vent s'effondra.

Un curieux silence prit toute la place.

Ceux qui s'en étaient sortis récupéraient leur souffle tant bien que mal.

Genève et sa rade rouvraient l'œil au cœur d'un paysage dévasté.

Les secours réquisitionnés à tous niveaux ne parvenaient plus à répondre à la demande. Sur terre, les pompiers étaient appelés pour des toitures arrachées, des arbres déracinés, des branches en travers des routes, des vérandas explosées, pour des inondations, des pompes d'évacuation inopérantes. La gendarmerie s'occupait des piétons bousculés et blessés, des dommages au mobilier urbain, des véhicules déplacés ou renversés par le vent.

Des centaines d'interventions étaient comptabilisées. La police du lac faisait sa part, les sauveteurs aidaient à remorquer vers le port des bateaux qui ne ressemblaient plus à rien, comme ce catamaran dont on ne voyait plus que les coques à l'envers… À la télévision, les reportages rivalisaient d'images effrayantes, de portraits de naufragés transis, de marins hébétés affirmant qu'ils n'en croyaient pas leurs yeux. « La seule fois où j'ai vu des conditions pareilles, c'était dans le Pot au noir », déclarait même un navigateur ultra-expérimenté de passage dans la région et qui avait voulu tester ce lac bien connu dans l'univers des courses nautiques pour abriter le Bol d'or, la plus grande régate du monde en bassin fermé qui a lieu chaque mois de juin.

Pour les spécialistes, ce type de déchaînement climatique n'avait rien de particulièrement surprenant depuis que la Terre se réchauffait. On risquait désormais des tempêtes bien plus fréquentes que par le passé. Le phénomène pouvait se produire aussi bien en Méditerranée que sur les lacs : la surface de l'eau restant tempérée, la confrontation entre l'évaporation et l'air plus frais pouvait provoquer des vents violents, porteurs d'une énergie décuplée et étonnante. Conjuguée à un abaissement des pressions atmosphériques, cette situation devenait périlleuse. « Désormais, nos automnes ne seront pas plus froids, mais plus agités, déclarait un ingénieur devant les caméras, ils seront venteux, orageux et les températures fluctueront. »

Autour de la rade bien sûr, et également partout dans le canton, on s'occupait des humains. Il fallait réchauffer, rassurer, mais aussi recenser le nombre d'individus que chaque navire disait avoir embarqués, retrouver ceux dont les familles avaient annoncé la disparition. Toutes les forces vives avaient prêté la main pour rétablir la sécurité.

À la tombée de la nuit, la police tenta une ultime tournée de vérification des engins flottants dérivant çà et là. Mais on ne voyait plus grand-chose. Au large de Vésenaz, un petit canot en perdition fut retrouvé vide. On saurait plus tard qu'une femme, tombée par-dessus bord, s'était noyée en tentant de nager jusqu'à la rive, contrée par la houle trop forte.

Il faudrait s'occuper également de dresser une contravention au loueur de *paddles* qui avait envoyé des vacanciers sur l'eau alors que le feu d'alerte clignotait déjà. Mais pas d'urgence, tous les clients étaient revenus sains et saufs.

Les investigations se prolongèrent tard dans la nuit. Toutes les personnes déclarées disparues finirent par être retrouvées avant l'aube. Certains, qui avaient sauté de leur bateau, étaient aussi mouillés que frigorifiés, mais en bonne santé.

*

Genève se réveilla le lendemain matin comme au sortir d'un mauvais rêve. La tête dans du coton. Avec cette impression que les piétons évoluaient plus lentement, que le trafic faisait moins de bruit. Il fallait reprendre pied dans la vraie vie.

Sur le lac, sauveteurs et policiers reprirent leurs tournées de contrôle. Ironie du sort, le ciel était redevenu limpide et le lac à peine frisé par de petits courants. Après s'être cru en novembre, on retrouva la douceur du début de septembre.

Ce n'est qu'à ce moment-là que l'on découvrit, proche de la rive droite, une petite barque verte empêtrée dans un amas de végétation qui avait échappé au contrôle. Les feuilles en nombre avaient servi de camouflage dans le halo des projecteurs utilisés par les secouristes la veille au soir.

L'embarcation avait été endommagée par sa rencontre avec les branchages et un morceau de la barque sur laquelle figurait habituellement l'immatriculation avait été arraché. La coque ballottait comme un bouchon. En s'approchant et en tentant de dégager la verdure, on aperçut enfin, gisant au fond de la coque, un homme en pantacourt, à la peau burinée. On appela, sans obtenir de réaction. S'il était là depuis la veille, on devait craindre le pire…

Une fois à portée de la barque, un sauveteur sauta à bord et se pencha sur l'individu. Un peu âgé mais de belle carrure, il gardait les yeux fixés sur l'azur. Une grande tache rouge marquait le côté droit de son torse. Une courroie reliée à un appareil photo s'était nouée autour de son épaule et le retenait prisonnier sur le banc. La plaie ouverte qu'il portait à la tête, elle, ne montrait aucune ecchymose ni épanchement de sang.

Un couteau de cuisine légèrement ensanglanté fut retrouvé coincé entre deux planches tout près de sa main.

Le canot n'avait pas pu dériver, une attache du bateau s'étant prise dans le câble d'une bouée d'amarrage. Il fut remorqué et le cadavre directement transféré à la morgue.

Le légiste mit de côté les effets qui lui avaient été « livrés » avec la dépouille pour se tourner vers sa table d'examen.

Réveillé à l'aube par un appel de son supérieur, l'inspecteur Martin rejoignait à peine le médecin légiste lorsque ce dernier commença ses observations.

Les deux hommes avaient déjà travaillé ensemble et s'appréciaient. Le scientifique trouvait même amusant ce grand garçon un peu pâle, qui donnait souvent l'impression de ne pas avoir fini de s'habiller avant de sortir. Il lui proposa un café pour l'aider à supporter l'autopsie qui n'était jamais un plaisir pour les policiers, le docteur Naville le savait très bien.

Les premières constatations surgirent rapidement : l'homme s'était vidé de son sang jusqu'à la mort par la blessure de son flanc gauche, mais le liquide rouge avait été en grande partie nettoyé par les brassées d'eau qui avaient submergé le rafiot de tous côtés. La première hypothèse était que le malheureux avait tenté de couper ce qui le maintenait loin du bord et avait été victime d'une maladresse en voulant détacher des liens.

Martin fronça les sourcils :

« Bousculé par la tempête, il se serait planté lui-même l'arme dans le corps ?

— C'est ce qui me semble le plus vraisemblable.

— Mais, en cas de chute, ne serait-on pas plus enclin à s'enfoncer une arme en plein ventre plutôt qu'à la hauteur du cœur ? »

Naville interrompit son mouvement et – tout en approuvant du menton ce que le policier venait de relever – il se mit à mimer la scène pour s'en faire une idée.

« Pas faux…

— Et pourquoi avoir pris avec lui cet ustensile de cuisine ? Est-on certain qu'il était à lui, d'ailleurs ? »

Les remarques du jeune policier ne manquaient pas de pertinence. Adepte lui-même de la plaisance sur le lac, Naville savait bien que les vrais navigateurs, en temps normal, avaient tous dans la poche un canif, mieux adapté à leurs besoins…

« Les empreintes sur le manche ont été largement brouillées par les mouvements du marin. Impossible de les relever.

— Donc quelqu'un d'autre a très bien pu le poignarder ?

— Rien n'affirme le contraire. »

Pendant le silence qui suivit, les deux hommes réfléchirent, chacun dans son domaine, à l'implication de cette constatation.

Quant au choc crânien, il n'avait pas été fatal, mais provoqué par un coup violent à l'aide d'un objet saillant.

« J'ai d'abord pensé à une rame, précisa le légiste, mais quand on m'a remis l'appareil photo accroché à son cou, je n'ai pas hésité. C'est en se rabattant sur la tête du malheureux que le téléobjectif a entaillé le crâne. La forme de la blessure correspond parfaitement au format de la lunette.

— Le mort aurait donc été bousculé par la tempête et se serait fait assommer par son boîtier ?

— On peut l'imaginer.

— Avant ou après le coup de couteau ?

— Après. L'homme était sans doute déjà mort lorsque son appareil l'a percuté. Sinon, on aurait un hématome et peut-être même des taches de sang. Or ici, il n'y a que quelques cheveux pris dans le boîtier.

— C'est donc de la maladresse et une succession de malchances… »

Naville, après un silence, reprit :

« Pas seulement. Il y a autre chose. L'homme n'est pas forcément mort *pendant* la tempête. »

Le policier qui s'apprêtait presque à partir se retourna vivement.

« Quoi ?

— La mort doit remonter à une vingtaine d'heures.

— Vous me dites qu'il a été poignardé *avant* l'ouragan ?

— C'est ça.

— Vous me parlez d'un crime, là ?

— On ne peut pas l'écarter.

— Mais ça change tout ! » s'exclama le jeune inspecteur.

Le praticien approuva. Le policier se grattait la tête :

« On ne sait toujours pas qui est ce type… »

Le médecin désigna les effets du mort qui attendaient sur une table toute proche.

« Je n'ai pas encore pris le temps de regarder s'ils contenaient une pièce d'identité. »

Martin enfila des gants et examina une à une les multiples poches du bermuda-cargo encore humide. Aucune pièce d'identité ne s'y dissimulait, qui aurait permis de savoir à qui on avait affaire. Mais, soudain, un objet dur roula sous les doigts du policier, qui retira d'une poche une bobine de film argentique. Il la plaça aussitôt dans un sachet.

Il eut alors l'idée d'ouvrir l'appareil photo… pour constater qu'il était vide. Il échangea avec le légiste un regard entendu, car les deux hommes se posaient la même question :

serait-il possible que le meurtrier ait dérobé le film contenant les dernières prises de vue, sans se douter qu'une autre pellicule avait été mise de côté ?

Quoi qu'il en soit, l'homme ayant longtemps baigné dans l'eau – et donc la bobine aussi –, serait-il possible d'extraire de cette dernière des prises de vues pertinentes pour l'enquête ? Mais il s'agissait plus probablement d'un simple ornithologue amateur. Il empoigna l'appareil, le glissa dans une autre pochette pour qu'un technicien puisse y relever des empreintes.

« Je vais déposer ça au labo », dit Martin avec un salut de la main, avant de quitter les lieux.

De retour à la brigade, il alerta son supérieur, qui lui confirma sa responsabilité dans cette enquête. C'était peut-être *la* grande enquête qui allait lancer sa carrière… !

Au service technique, le boîtier fut soumis à un relevé précis d'empreintes. On put rapidement établir que seules deux personnes avaient manipulé cet appareil, et l'une d'entre elles était le mort. La présence d'un ou de plusieurs ADN confirmerait ces constatations.

De son côté, un technicien s'attela au développement du rouleau jaune.

Le petit bateau, qui avait été rangé au sec dans un coin du hangar de la police, subit à son tour une expertise approfondie. Les techniciens de scène de crime avaient bien effectué leur travail lors du remorquage et l'on put établir que les traces découvertes sur l'esquif étaient les mêmes que sur l'appareil photo. Un petit lambeau de tissu rose pris dans l'attache d'une rame fut saisi avec une pince et délicatement mis de côté.

En regardant les images développées qu'on lui avait soumises, Martin put facilement déduire que le passe-temps favori du présumé ornithologue n'était pas ce que l'on croyait.

En fait d'oiseaux, le gaillard avait surtout croqué des créatures féminines et plutôt dévêtues. Il avait dû longer les plages pour saisir sur sa pellicule toutes ces naïades se dorant le torse, surtout quand elles se trouvaient dans des propriétés privées. Vu l'uniformité des sujets, le mort se fichait bien de la beauté des paysages !

Entre-temps, un agent avait retrouvé différents morceaux de bois flottant non loin de l'endroit où l'on avait trouvé le petit rafiot, et ce dernier avait pu être reconstitué. Miracle ! L'immatriculation était lisible et avait livré facilement l'identité et les coordonnées de la victime. Il s'agissait d'un ancien membre de la Société de sauvetage du lac, marié depuis longtemps à une ancienne championne de natation en eau libre. Un couple « aquatique » en quelque sorte.

Deux ou trois coups de fil permirent à Martin d'apprendre que le duo passait son temps sur le Léman depuis son plus jeune âge. Et cet homme-là, expérimenté et conscient des dangers que pouvait représenter le lac, n'aurait pas obtempéré lorsque le feu d'alerte s'était mis à clignoter ? « Il se prenait pour un vieux loup de mer », avait glissé, moqueur, un de ses anciens collègues à qui le policier posa la question. Tout de même, une telle absence de prudence paraissait étonnante.

Martin demanda à son collègue Calame de l'accompagner chez la veuve. Le couple habitait dans un immeuble ancien, rue du Lac, à deux pas des quais.

La porte s'ouvrit sur une belle femme d'âge mûr qui paraissait ne s'être en aucun cas inquiétée de l'absence de son conjoint depuis la tempête. L'appartement était en désordre, des vêtements s'entassaient çà et là.

Quand on lui apprit la macabre découverte faite dans la barque, elle se figea longuement en fermant les paupières. Une façon, sans doute, d'assimiler la terrible nouvelle. Quand elle rouvrit les yeux, elle fixa Martin et soupira longuement.

« Il y a longtemps que je lui ai dit qu'un jour tout ça finirait mal… mais il ne m'écoutait pas.

— Qu'est-ce qui finirait mal ?

— Cette manie de prendre des photos malsaines… »

Elle était donc au courant du passe-temps de son mari.

« Vous savez où il range ses clichés ?

— Dans sa *grotte* ! Suivez-moi. »

Elle ouvrit la porte d'un petit local pas même fermé à clé dans lequel pénétrèrent les policiers.

La fenêtre de la petite pièce avait été obscurcie par du tissu noir. Martin et Calame y découvrirent des centaines de photos suspendues à des fils par des pinces à linge, collées sur des cartons, rangées dans des tiroirs. La quasi-totalité représentait des femmes en slip de bain à la poitrine avantageuse.

La veuve les laissa examiner les lieux de fond en comble. Ils tombèrent assez vite sur des images saisies de nuit, dans des logements dont les fenêtres donnaient sur le lac. Toutes montraient des couples en pleins ébats. « C'était un voyeur, lâcha Martin en secouant la tête.

— Et un maître-chanteur aussi », compléta Calame qui se penchait, lui, sur un petit carnet.

Sur deux colonnes y figuraient des noms – ou peut-être plutôt des surnoms – et des sommes. On pouvait supposer que le petit v en bout de ligne signifiait que l'argent était entré dans la poche du mort.

Au dire de la veuve, la collection du photographe durait depuis des années. « Il s'est plusieurs fois fait casser la gueule à cause de ça, mais il ne se décourageait pas ! »

Les policiers s'emparèrent de tous les développements qui paraissaient récents, tout comme des bobines en attente de traitement. En recoupant les photos (dont beaucoup étaient encore à l'état de négatif) et les noms mentionnés sur le petit carnet, ils trouveraient peut-être l'assassin du photographe.

Question banale : quand avait-elle croisé son époux pour la dernière fois ? La veuve répondit qu'ils s'étaient quittés normalement le matin, comme tous les matins. Avec le mauvais temps qu'on prévoyait, elle n'avait pas eu envie de l'accompagner… Ne s'était-elle pas inquiétée, ne le voyant pas revenir, hier soir ? Elle leva les yeux aux ciel en disant que cela faisait longtemps qu'elle ne s'inquiétait plus… Elle donna encore quelques précisions factuelles sur son emploi du temps et se soumit sans doléances à un prélèvement d'ADN. Martin promit de lui donner rapidement des nouvelles tandis qu'elle demandait dans quel délai elle pourrait organiser l'ensevelissement. Les deux policiers furent raccompagnés à la porte sans plus de commentaires.

Le duo grimaçait déjà devant la perspective de rendre visite à tous les propriétaires du bord du lac susceptibles d'avoir été violés dans leur intimité. L'un d'eux avait peut-être voulu mettre fin à un racket malsain ? Quelques territoires leur seraient interdits, Calame et Martin s'y attendaient : ceux occupés par des missions ou des ambassades étaient protégés diplomatiquement. D'autres demeures étaient tout simplement fermées. Stores baissés. On était en fin de saison…

*

En arpentant le bord du lac la casquette vissée sur la tête, un homme avait passé sa journée à constater l'étendue du désastre. Aussi loin que remontaient ses souvenirs de vieux Genevois, il n'avait jamais vu ça. Ainsi donc, cette histoire de réchauffement climatique serait vraie ? Hector était un voisin de Martin et se faisait une fierté d'être devenu l'ami du jeune policier auquel il offrait chaque jour une « revue de presse » à sa façon toute genevoise : en râlant sur tout et tout le monde !

Ce qui venait de se produire allait lui donner bien du grain à moudre et il se réjouissait de rentrer pour échanger avec ce jeune inspecteur qu'il appréciait vraiment.

En attendant, il bougonnait contre la météo.

Tout le monde savait depuis longtemps que les saisons n'auraient plus jamais leur apparence habituelle. On avait cueilli des fleurs sur les pistes de ski en janvier, on avait claqué des dents tout le mois de mai et voici qu'en ce début d'automne on essuyait des tempêtes dignes d'un début d'été.

« La tête à l'envers », grommelait Hector en prenant le chemin de chez lui.

Le lac se réchauffait, avaient-ils dit à la radio. Ce n'était plus depuis longtemps une question de « ressenti ». Les statistiques étaient claires. L'eau avait pris deux degrés en dix ans et c'était pire dans le Petit-Lac, le bassin proche de Genève. On comptait toujours plus de scientifiques au chevet du Léman, et ce, des deux côtés de la frontière qui courait en son milieu. Celui que beaucoup de spécialistes considéraient comme le poumon bleu de la région étouffait, victime de la prolifération d'algues aux physionomies de plus en plus tropicales.

Les journaux du matin relataient évidemment l'événement sur plusieurs pages spéciales, insistant sur le fait que l'alerte avait été donnée par les Autorités et que tout le monde l'avait prise à la légère. Autour de la rade et sur la douzaine de plages recensées sur les deux rives du lac, il faudrait plusieurs jours de travail pour éliminer les débris qui jonchaient le sol. Sans compter tous les petits ports privés. Les photos prises avant et après la tempête décrivaient sa virulence mieux que n'importe quel discours.

Cette nouvelle journée se déroulait dans un curieux apaisement. Les choses se remettaient lentement en place. Pour sa plus grande joie, le vieil Hector parvint sur son palier en même temps que Martin.

« Je vous ai gardé la presse », dit-il au jeune flic en s'empressant de lui tendre une brassée de journaux.

Après une demi-journée à se pencher sur des photos d'ébats sexuels pour tenter de deviner où se trouvait le mort quand il avait pris ces clichés, Martin était parvenu à dresser la liste des témoins qu'il faudrait interroger. L'inspecteur était écœuré et fatigué. Il n'avait pas envie de faire un acte social en s'occupant de son vieux voisin. Piétinant sur le carrelage, celui-ci ne s'en allait pas. Alors le jeune policier remercia pour les journaux et se sentit obligé de faire entrer chez lui le brave Hector, qui ne se fit pas prier. Ils papotèrent un moment autour d'un verre, tandis que l'enquêteur feuilletait la presse du jour méthodiquement classée par Hector.

Au moment où il entrouvrait une nouvelle gazette sur une double page de photos, le vieil homme tendit le bras pour pointer le doigt vers un grand cliché en couleurs. Le hasard avait voulu qu'un reporter ait eu l'idée d'aller prendre des photos peu avant la tempête.

Hector insistait : « Voyez comme tout était calme, juste avant ? C'est proprement incroyable, non ? Pourtant, là au fond, vers le grand lac, on voit des nuages noirs qui se préparent. Regardez ces inconscients, là, sur leur pédalo et ceux-ci qui jouaient au ballon… »

Mais ce n'était pas cela que le jeune flic fixait avec de grands yeux ronds.

Là, sur la photo, il y avait une barque verte.

Celle du mort ! Impossible de se tromper.

Et on distinguait une femme en train de monter à bord.

Elle portait un chapeau mauve, une sorte de chapeau cloche ou un bob, on ne voyait pas trop bien ; un châle rose entourait ses épaules.

Il se leva d'un bond, remit sa veste et laissa sur place un Hector interloqué et qui se demandait déjà ce qu'il avait bien pu dire…

Martin arrivait près du domicile de la veuve lorsqu'il la vit sortir de chez elle avec un ballot en tissu rose dans les bras. Elle se dirigeait vers une poubelle.

Au moment où elle soulevait le couvercle, elle entendit une voix ferme qui lui ordonnait de stopper son geste et de déposer sur le sol ce qu'elle tenait.

Elle marqua un temps d'arrêt, mais s'exécuta et recula comme on lui demandait de le faire.

Le policier la tenait en joue.

D'une main, il ouvrit le baluchon.

Un chapeau de couleur mauve roula sur le côté.

Soulevant le châle, il constata facilement qu'un côté était déchiré.

C'était bien elle qui montait dans la barque quand le photographe de presse avait saisi son cliché.

Le regard de la femme croisa celui du policier.

« On me voyait avec le chapeau dans le journal », balbutia-t-elle en guise de justification de sa présence près de la poubelle.

La conclusion de l'enquête ne fut que routine.

En examinant son téléphone portable, on s'aperçut que la veuve avait fait la veille de nombreuses recherches sur la météo.

On devina que, grâce à une application perfectionnée, elle avait pu déterminer de façon précise à quelle heure le ciel tomberait sur la tête des Genevois. Un appel lancé à son époux une heure avant figurait dans sa liste. C'est à ce moment qu'elle lui avait certainement fixé un rendez-vous près du ponton.

Son ADN matcha avec celui retrouvé partout dans le bateau ; personne d'autre n'était donc monté à bord pour tuer son mari.

Lui faisant croire à une promenade en amoureux elle avait pu l'agresser tandis qu'il manœuvrait le rafiot et le laisser mourir étendu dans le fond tandis que les nuages approchaient. Elle avait pris soin de confisquer la pellicule sur laquelle elle figurait puisque son mari l'avait photographiée à bord, si content que, pour une fois, elle l'accompagne.

Rentrer à la nage n'avait posé aucun souci à l'ancienne championne qu'elle était.

Le couteau de cuisine était le sien, il faisait partie d'une série que l'on retrouva dans un tiroir.

Le filament de tissu rose accroché dans la barque et, surtout, la photo publiée dans la presse, eurent raison des dernières résistances de la suspecte.

Qui finit par avouer.

Le hasard est parfois bien ironique : exaspérée par les « infidélités photographiques » de son mari, elle fut condamnée à cause d'une photo publiée dans la presse !

Et rouillent les sentinelles

Ariane Gélinas

24 NOVEMBRE 2024

Je n'ai jamais vu d'aurores boréales couleur rouille à ce point. Comme si la terre de Schefferville, avec sa teinte rouge saturée de fer, grimpait jusqu'au ciel. Du moins, lorsque la couche de neige de la fin de l'automne ne la voile pas.

De nouveau, j'admire les rubans célestes.

C'est encore le cauchemar de la mante qui m'a tirée du sommeil. Celle que nous avons découverte l'été dernier, lors de nos fouilles archéologiques. Un spécimen fossilisé de *Labrador Mantis Guibaulti* disparu il y a un million d'années, d'une taille phénoménale. Le deuxième du genre repéré sur le site. Tandis que la première prédatrice pétrifiée impressionnait déjà par son diamètre, la seconde ne semblait rien de moins que monstrueuse. Issue d'un mauvais rêve.

La pierre de la carrière de grès rouge avait préservé la trace de ses ailes titanesques. Ses pattes incurvées, agiles. Raph était ravi : notre équipe aurait droit à des articles locaux et provinciaux, verrait ses subventions augmenter, son temps de fouille, ici ou ailleurs, prolongé.

Mes collègues reviendraient poursuivre nos investigations au printemps, lorsque la neige fondue permettrait de creuser : j'étais la seule qui avait décidé de déménager à Schefferville, au nord du 66e parallèle, quatre-vingts kilomètres sous la toundra. De manière sans doute définitive. Plus personne ne m'attendait en bas, ne comptait pour moi. J'avais fait transporter mes minces possessions par train, sur la voie ferrée qui, pendant quatorze heures, ondoyait entre Sept-Îles et Schefferville. Depuis, consœurs et confrères du site m'ont surnommée « Ima, cœur sentinelle ». Ce n'est pas faux d'affirmer que je viens souvent *surveiller* les environs, lors de mes nombreuses promenades. Malgré moi, mes pas – ou mon quad – me ramènent à la mante. Aux mantes.

D'ici, on ne peut apercevoir Matimekosh et Schefferville en contrebas, enduits de nuit, les bâtiments agglutinés entre les lacs Knob et Pierce. Mon haleine transie monte vers les aurores, magnifiées par les ténèbres, quasi souveraines à cette distance des réverbères des communautés totalisant mille habitants. Après le cauchemar de la mante, qui m'a laissée en sueur dans mon semi-meublé près du magasin Northern, ce sont elles qui ont parachevé mon insomnie. Les aurores. Jamais je n'en ai admiré d'aussi oxydées. D'un rouge flirtant avec le fer extrait des mines environnantes par milliers de tonnes. Sur mon cellulaire, une alerte d'aurores boréales maximales s'affichait. KP8. J'ai serré l'appareil dans mes paumes froides avant de l'emporter.

Mes articulations de quinquagénaire, à leur manière rouillée, ont protesté lorsque je me suis levée du lit étroit, ai contourné la table de nuit constituant l'unique meuble de cette chambre tout droit sortie des années 1970. La tempête solaire investissait de plus belle le ciel.

J'ai enfourché mon quad et laissé le hasard des enfilades de rues me guider, les hordes de chiens libres courant autour de mon véhicule. Comme magnétisée jusqu'au site de fouilles que je n'ai pas arpenté depuis les premières chutes de neige d'octobre. Puis j'ai abandonné le quatre-roues près d'une route assombrie.

Un vent violent me fouette le visage. On met du temps à s'habituer aux -40, puis aux moustiques vampiriques de l'été. Affamés comme l'étaient certainement ces mantes colossales, issues de la période précédant la plus récente glaciation des continents. Difficile de croire que le Labrador, à quelques coudées de la ville – sa frontière dentelée nous contourne soigneusement –, a déjà été une terre tropicale où des insectes démesurés voisinaient les dinosaures. Et pourtant.

La tempête d'aurores danse autour de moi en strates sereines. Les verts s'effrangent en coloris pourpres, brunis, qui s'étiolent vers les hautes atmosphères. Je repère maintes étoiles : les constellations sont si visibles dans ce ciel nordique, pratiquement au centre de la province de Québec ! Le vrai *milieu de nulle part*.

Ici, maintenant.

Le meilleur endroit pour accepter mon caractère d'asexuelle et d'aromantique. Après avoir trop longtemps nié. Être sortie de la vie de mon fils unique, qui ne me rend plus mes appels. Un lieu idéal pour embrasser ma nature véritable, comme le faisaient les mantes prédatrices, si rarement trouvées sous forme de fossiles : *ce sont presque toujours les proies qui nous parviennent*. Dans l'ambre tiède. Au creux des pierres rougeâtres, fortement oxydées.

J'avance en ne quittant pas le ciel du regard. Mes pas me portent entre deux amas de neige moins massifs que les autres, non loin de plusieurs endroits où la terre s'est effondrée : les glissements de terrain deviennent légion avec le dérèglement des saisons. Le redoux de la semaine passée – il a fait 7 degrés en novembre, ce qui est caniculaire à cette latitude – a significativement entamé les congères. Quelques-unes ont fondu, vaincues par la chaleur.

À mon étonnement, je discerne un peu de la terre rouge que nous charrions par seaux sur le site archéologique.

L'une des aurores semble descendre vers moi, tanguer en direction des monticules de neige.

Je m'agenouille en entendant craquer ma rotule droite, la plus fragile. Époussette les flocons avec la délicatesse inhérente à nos recherches archéologiques.

Au cas. Toujours au cas.

Et cette section a bougé depuis le glissement de terrain récent. Qui sait ce que la terre renversée pourrait révéler ?

Sous mes gants, je sens autre chose que du givre. Ce n'est pas de la glace non plus. Une substance un peu… pointue ?

Je penche la tête vers l'avant en me mordant les lèvres.

Ma première impression me déconcerte. Se pourrait-il que ?

Je songe spontanément à un fossile. Comme si souvent. C'est mon emploi de les deviner sous mes instruments, sous mes doigts. Adroitement.

Mais il serait gigantesque. Improbable. De l'ordre des prédateurs du Mésozoïque.

Je frotte davantage l'endroit suspect, la neige voletant sur mon visage.

Libère et libère, mes mains s'engourdissant graduellement à force de répéter des gestes identiques.

Et je discerne enfin. Je pense d'abord à des ossements anciens, millénaires. Mais non.

Un squelette humain.

Je bascule violemment vers l'arrière. Perds une mitaine.

Cligner et cligner des yeux avec l'illusion que le froid écorche mes rétines.

Mon téléphone cellulaire se retrouve dans mes mains.

J'appelle.

Au-dessus de ma tête, les aurores prolongent leur danse oxydée.

27 novembre 2024

Il y a un moment que j'envisage de rédiger cette confession. Je suis presque passé à l'acte quand j'ai reçu un diagnostic de cancer généralisé, il y a quatre semaines. J'y avais aussi pensé plusieurs fois pendant les mois qui ont suivi le drame. Mais j'hésitais à aller au poste. Ce n'est pas comme si ça pouvait faire ressusciter Maëlie Standford. Et ça aurait bouleversé à jamais ma qualité de vie, celle de mon épouse et de nos trois filles, qui à l'époque étaient toutes petites. Qui veut d'un père derrière les barreaux ? Et la réputation de la mine en aurait pâti. Déjà que dans l'opinion publique…

Comme les restes de la journaliste viennent d'être retrouvés et que je suis de toute façon condamné, je vais enfin me confesser. J'aurai cela de moins sur la conscience avant les soins palliatifs. Vingt-cinq ans à regretter chaque jour ce qui s'est passé… Peut-être qu'ainsi, je pourrai bénéficier d'un peu d'indulgence sur mon lit de mort.

J'ai mal partout dernièrement, c'est épouvantable. Je prendrai le temps qu'il faudra pour écrire ces confessions, en plusieurs fois si nécessaire.

C'était le vendredi 24 septembre 1999, passé 20 heures. Je m'en souviens parfaitement : j'étais le seul employé à ne pas être parti de la mine pour ce week-end qui s'annonçait superbe. J'avais des tâches à terminer dans la roulotte de chantier que je partageais avec le patron, lorsqu'il daignait s'attarder sur le site, aussi bien dire pas souvent (il devait régulièrement marchander des contrats à l'étranger, paix à son âme). En tant que bras droit, j'avais à finaliser des commandes urgentes, contacter les fournisseurs retardataires. Et parfois, organiser les demandes d'interviews avec les médias, comme j'avais un petit talent avec les mots – j'ai toujours lu beaucoup. Ce soir-là, mes dossiers stagnaient plus que d'habitude.

Je n'avais pas prévu l'arrivée impromptue de Maëlie Stanford devant mon bureau encombré de documents. J'allais bientôt fermer les lampes et quitter les lieux quand elle a surgi face à mon aire de travail. La cheffe de pupitre du journal *La sentinelle du Nord*, un hebdomadaire à l'essor étonnant – il y avait du philanthropisme sous roche. La publication contestait nos normes environnementales depuis un bout de temps.

Je n'ai pas réussi à étouffer complètement un gémissement en l'apercevant. Avec cette militante, c'était toujours compliqué. La vingtenaire ne manquait pas de tempérament ni d'audace. Elle avait déjà fait paraître en première page de son journal un article accusateur sur des déversements excessifs de fer de la mine dans un lac, où les poissons étaient tombés malades. J'étais au courant, mon *boss* également. On avait convenu avec les autorités que, comme personne ne pêchait dans cette étendue d'eau, le malencontreux accident n'était pas si grave. On prendrait des précautions ultérieurement. Même si je devais reconnaître que la teinte rouille jaunâtre du lac de rejet, où le fer se répandait, était rebutante.

Mais nous avions du commerce à faire, ici. Et les normes écoresponsables étaient coûteuses, c'était connu. Il fallait donc essayer de jongler avec ce que l'on nomme maintenant le développement durable. J'étais au courant; mon patron me demanderait encore de faire un peu de *greenwashing* prochainement à l'intention des médias. Du moins, si la cheffe de pupitre daignait écouter nos promesses conscientisées.

Elle n'était pas du type dupe, Maëlie Stanford. Elle *savait que je savais*, bien que je ne rejetasse pas moi-même, de ma main lisse de travailleur administratif un peu hypocondriaque, les déchets ferrugineux au creux des lacs. Ce n'était pas moi qui commandais aux métaux de s'accumuler dans les nappes phréatiques.

Clairement, c'était le subalterne que j'étais qu'elle venait voir, elle était consciente que je serais seul ici. Je l'ai immédiatement senti.

À l'époque, à la fin des années 1990, des caméras de surveillance n'étaient pas installées partout sur les sites des compagnies privées. Sinon, ça se serait passé autrement, c'est certain.

De toute sa hauteur – elle avait au moins vingt centimètres de plus que moi, qui étais gringalet malgré mes séances au gym –, elle bloquait l'unique porte d'accès de la roulotte. Ses larges cheveux roux et frisés formaient un halo dense autour de sa tête. Ses lunettes minuscules, d'un modèle très sage, qui glissaient sans cesse de son nez quasi inexistant, contrastaient avec l'exubérance de sa coiffure.

Par l'entrée devant mon bureau, je distinguais dans le crépuscule – je me souviens avoir ressenti la nostalgie de Trois-Rivières, où j'habitais avant – des aurores boréales en nombre impressionnant. Je n'en avais jamais vu autant en trois ans à Schefferville. Et pas aussi tôt dans la nuit.

Dans sa main droite, la journaliste tenait ce qui ressemblait à du matériel de camping, tandis que, dans la gauche, à la hauteur de mes yeux, elle brandissait un verre empli à ras bord d'une eau rougeâtre qui dégageait, même de loin, une odeur ferreuse.

Sans préambule ni salutations d'usage, elle a ordonné :

« Bois. Comme ça, je saurai que l'eau n'est pas toxique comme vous le soutenez. Même si les éléments rejetés sont trente fois supérieurs aux normes. »

Je me rappelle m'être levé, dans le souhait de l'exhorter à partir. J'ai sans doute blêmi. En tout cas, j'ai refusé fermement.

Avec un peu de nervosité, j'ai farfouillé en quête du téléphone à cadran enseveli sous les amas de documents.

Elle a renchéri.

« Je vais rester ici le temps que tu termines le verre au complet, Marc. Et je t'ai amené un poisson. Pêché dans le lac de rejet. Tu vas voir, il a de belles taches rouille partout sur ses écailles. Mais il paraît qu'il n'est pas contaminé, le lac, comme vous l'affirmez haut et fort aux médias, même si les femelles ne sont plus capables de frayer. Lui aussi, le poisson, tu vas le manger. En entier. Mais je suis gentille, je t'ai apporté un réchaud de camping pour le faire cuire. Je ne t'obligerais pas à manger du poisson cru, quand même ! J'ai de l'empathie, moi. »

Décontenancé, j'ai répété qu'il n'en était pas question. Ai enfin mis la main sur le téléphone que j'ai rapproché de moi, non sans mal avec toutes les piles de documents.

Les yeux agrandis, la journaliste a déposé sur le bureau matériel de camping et verre d'eau, avant de repousser l'appareil loin de moi comme si j'étais un enfant indocile.

« Si tu refuses, mardi matin première heure, la une de *La Sentinelle du Nord* sera consacrée à dénoncer en long et en large les pollutions criminelles dc la mine. Mais je veux te donner une chance d'adoucir mon article, de le nuancer : si tu bois un verre d'eau et manges le poisson, ça prouvera que vous avez raison de dire que ce n'est pas énormément contaminé. Pas de manière à représenter un danger pour la vie des organismes animaux et humains. »

Elle a repris le verre. J'ai considéré avec dégoût l'eau brun bourgogne où surnageaient des sédiments. Je me souviens que j'ai eu un peu envie de vomir. Maëlie Stanford est toutefois revenue à la charge.

« On a du temps, mon Marc. Je vais rester ici avec toi tant que tu n'auras pas consommé ton festin. J'ai tout mon week-end. »

Sa familiarité m'a fait serrer les poings. Pour qui elle se prenait ?

« C'est criminel !

— C'est vous qui êtes criminels, à la mine. Vous en parlerez aux communautés innues et naskapies qui pêchent dans les lacs d'à côté. Aux scientifiques qui analysent les nappes phréatiques. Ça va être moins pire à boire si tu prends de longues gorgées. À moins que tu préfères alterner l'eau et le poisson ? Ça serait plus agréable pour faire passer le goût de fer. Je vais t'allumer le réchaud, attends un peu. »

Elle a galéré avec son ensemble de camping, puis a déposé le poisson – une sorte de truite toute tavelée de rouille – dans la casserole portative. La chair a commencé à cuire, un arôme tout de même correct se dégageant du plat. Mais je ne voyais que ses marbrures ferreuses. Nombreuses.

En contournant le bureau par le côté, je me suis levé, ai réussi à me rendre près de l'une des deux petites fenêtres de la roulotte. Si elle s'entêtait à me séquestrer, je pourrais atteindre l'issue, l'ouvrir. Mais ce serait un peu acrobatique. J'entendais des espèces de bruissements de pattes d'insectes contre le verre, de la chitine qui brûlait à la lumière, comme lorsque les papillons, les nuits caniculaires, viennent par légion se griller sur les sources d'électricité. Il y avait eu plus de maringouins que d'habitude cet été et cet automne-là, les travailleurs s'en plaignaient à la mine.

La lumière d'une puissante aurore boréale a ondulé vers nous, jusqu'à l'intérieur de la roulotte. Celle des lampes sur les bureaux s'est éteinte pendant une seconde, avant de se réallumer. Une brève panne de courant.

J'ai senti mon angoisse s'affermir.

« Ça va bientôt être prêt, a murmuré Maëlie Stanford, les lèvres pincées. Une gorgée d'eau pour commencer ? »

Elle a agité le liquide toxique devant mes yeux. Je me souviens avoir bougé brusquement les bras, sans réfléchir, de m'être jeté vers l'avant. Au hasard.

Le verre a explosé dans un vacarme de cassures. Des éclats ont volé sur nos souliers, pas loin du réchaud.

En avançant pour fuir vers la porte ouverte à moins de deux mètres, j'ai renversé la casserole portative de camping. D'un coup de pied involontaire.

La chair du poisson a grésillé. Puis il est tombé sur le plancher, flasque, la tête tournée vers la porte. En direction des aurores. De l'échappatoire.

J'ai bondi jusqu'à l'issue. Près de moi, Maëlie Stanford sacrait, enlevait, je crois, des morceaux de verre de ses lacets. Je me suis dépêché de rejoindre le seuil illuminé d'aurores boréales, de courir vers ma camionnette encadrée de monticules de terre rouge sombre. J'avais l'habitude de la verrouiller, depuis qu'on m'avait volé mon VUS[1] de l'année pile en face de chez moi. Ça m'a ralenti.

Pendant que je cherchais mes clés, j'ai discerné un cliquetis caractéristique.

Celui d'une carabine. Même si je n'avais jamais chassé, j'entendais parfois des gars du coin se pratiquer dans les forêts autour.

J'ai compris immédiatement que j'étais devenu une cible. *Sa* cible. J'ai pivoté, les mains levées en haut des épaules.

« Lâche ça. Ça peut être dangereux. »

Maëlie Stanford m'a considéré avec des yeux fuyants, obliques. Luisants. Elle venait de « tilter », de passer de l'autre côté. Elle était capable de tout à présent.

Elle s'est à moitié appuyée contre son pick-up noir sale. Autour d'elle, le chantier de la mine était opaque, en dehors des aurores. La machinerie semblait dormir, similaire à des animaux préhistoriques pétrifiés. L'image m'a saisi.

« Stresse pas, mon Marc, je sais comment m'en servir.

— Range ça. On peut discuter calmement.

— Je ne pensais pas avoir à l'utiliser, mais tu fais des caprices. Je veux juste que tu boives l'eau et que tu manges un beau poisson pêché chez vous. Tu sais que je suis capable de me montrer insistante pour la cause, quand il le faut. Tu as lu mes articles. Arrête de faire le *yes man*, pour une fois. Ça ferait changement. »

J'ai reculé vers la roulotte. Après avoir pris un sac à dos à l'arrière de son pick-up, la journaliste m'a fait signe de m'y engouffrer avec le canon de sa carabine. J'ai fini par obéir.

1. SUV.

Au-dessus de sa tête, les aurores formaient des rubans qui lui donnaient l'allure d'une espèce d'araignée. Comme si la tempête magnétique était une toile qui émanait de son corps.

Le temps qu'on revienne dans la roulotte, l'électricité était complètement morte sur l'ensemble du site d'extraction.

Et j'étais coincé avec cette maniaque environnementale.

À sa demande, je me suis assis dans ma chaise de bureau capitonnée, au fond de la roulotte. Devant moi, en tenant sa carabine d'une main, la journaliste ramassait le poisson tombé par terre, soufflait dessus avant de le mettre dans une assiette de son *kit* de camping. Elle venait d'allumer quelques chandelles avec son briquet de fumeuse : elle avait beau donner des leçons environnementales à ceux qui voulaient l'entendre, elle n'en consommait pas moins son paquet par jour.

J'ai songé que j'échapperais peut-être à l'obligation de boire de l'eau rouillée, mais non : de son sac à dos, elle a extirpé une gourde pleine à ras bord du liquide bourgogne. Elle s'est ensuite placée dans le deuxième siège, plus massif, celui du patron, les jambes relevées autour de sa carabine, les avant-bras appuyés sur ses genoux.

« Ça prendra le temps que ça prendra, mon Marc. Mais tu vas boire. Et manger le poisson. Pauvre toi, il doit être tiède maintenant. Et un peu croquant de terre. C'est ta faute. Mais bon, elle est saine, votre terre sur le site, c'est ce que vous dites. »

Je me souviens m'être fait la réflexion que la chair cuite du poisson était sans doute moins pire que l'eau. En réprimant des hauts-le-cœur, j'ai découpé une petite bouchée dans l'assiette, le couteau grinçant au fond du plat. L'espèce de jus grisâtre dans lequel baignait la pseudo-truite avait quelque chose de profondément répugnant.

Pendant que j'hésitais, Maëlie Stanford s'est allumé une cigarette, gardant la carabine tout près. Elle a fait attention d'envoyer la boucane vers la porte ouverte.

Je n'avais plus le choix. Les paupières à demi-fermées, j'ai mordu dans le poisson. Mis du temps à avaler.

L'envie de vomir devenait vive.

Tant bien que mal, toujours menacé par sa carabine, j'ai mastiqué d'autres bouchées, moins dégueulasses que je le pensais. Bravement, j'ai réussi à consommer la moitié du poisson. Mon front brûlait.

Tout sourire, les cheveux plus en bataille que jamais, Maëlie Stanford me tendait le verre.

« Une bonne rasade pour faire passer le goût de revenez-y-pas ? »

J'ai presque vomi à ce moment-là.

Elle a redressé un peu sa carabine, à la hauteur de sa poitrine. Ma tête était dans son angle de tir. Ma gorge aussi.

J'ai humidifié mes lèvres dans le verre. Elle caressait le manche de son arme, toujours avec ce regard basculé de l'autre côté. J'ai clamé :

« Il va y avoir des conséquences.

— En plein ce qu'il faut pour que les choses changent. Bois. »

Deux ou trois gorgées de liquide se sont frayé péniblement un passage.

Les aurores m'ont cinglé de plus belle par les fenêtres. Couleur rouille sang.

J'ai senti les hauts-le-cœur décupler. Tout mon corps penché vers l'avant pour vomir. J'ai réussi à me contenir, ne me demandez pas comment.

Maëlie Stanford a eu un geste. De sollicitude ? Des regrets d'être allée trop loin ? Elle m'a maintenu les cheveux contre les tempes.

En tout cas, j'en ai profité. Je l'ai repoussée. Elle est tombée sur le sol, parmi les débris de verre. Et j'ai couru en direction de la mine, parce qu'il était plus facile d'échapper aux tirs en slalomant entre les tas de gravats. Elle ne tarderait pas à me prendre en chasse.

Je me suis accroupi derrière les amas rouge foncé. Ai rampé vers une section que l'on s'apprêtait à remblayer, car l'extraction était terminée.

Étrangement, je n'entendais pas la journaliste. Ni ses pas ni le cliquetis de son arme. On voyait de plus en plus clair dans les ténèbres, avec la tempête magnétique à laquelle les yeux s'habituaient.

J'ai fini par sortir de ma planque, après avoir vomi un moment.

Il s'était passé au moins dix minutes.

Tous les sens aux aguets, j'ai marché lentement vers ma camionnette.

Une plainte faible est parvenue à mes oreilles.

Tout près.

Au fond d'un trou de mine d'une dizaine de mètres, que l'on s'apprêtait à combler. Il venait de commencer à se remplir par lui-même. Avec l'éboulement provoqué par la chute de Maëlie Stanford, lorsqu'elle y était tombée.

Sa jambe paraissait cassée. Son souffle, laborieux, soulevait sa poitrine aux deux tiers ensevelie par les débris de roches. L'avalanche se poursuivait, par saccades. Sous peu, la journaliste serait recouverte de terre rouge. Complètement enterrée.

Sauf si je l'aidais.

Mais le goût de vomi dans la bouche. Atroce. Âcre. Son eau restait coincée en travers de ma gorge.

Et ce serait périlleux d'y descendre, j'en étais conscient. Je connaissais le terrain. Il fallait que j'attende que les haut-le-cœur s'espacent.

Ce que j'ai fait.

Je sais que j'aurais dû y aller tout de suite.

Malade ou pas. Même si, en moi, le cancer commençait à s'installer. Je le sentais, j'en étais convaincu. Graduellement, cette idée allait m'obséder. Ce cancer qui va m'emporter dans quelques semaines, après avoir réussi à le repousser pendant vingt-cinq ans.

C'est elle qui me l'a inoculé.

Je vous jure avoir fini par creuser, quand je n'avais plus rien à l'intérieur de l'estomac. Mais il était trop tard. Elle ne respirait plus.

Et les trombes de terre rouge n'ont pas tardé à l'ensevelir…

Je suis rentré à la maison encore malade, même dans ma camionnette. L'électricité a mis des heures à revenir à Schefferville. J'ai pensé à en parler à la police, quoique ça ne l'aurait pas sauvée. Et, comme je l'ai dit, ça aurait fait du mal aux autres, à ma famille, aux travailleurs de la mine, à mon patron. Alors je me suis convaincu que c'était mieux de ne rien avouer. Jusqu'à maintenant.

Au seuil de la mort, je tiens à présenter mes excuses à Maëlie Stanford et à ses proches.

Et à confesser l'histoire de ce qui s'est passé, ce soir-là d'aurores boréales.

Marc Guilbault

30 NOVEMBRE 2024

En ce zénith, les aurores boréales ne dansent pas à travers la porte-fenêtre de mon appartement. Son deuxième étage donne sur le lac Knob et la palissade d'épinettes qui encadrent la ville. Difficile de trouver beaucoup de conifères dans l'entrelacs des rues : ils encerclent presque tous la municipalité, ceinture de végétation qui piquette les courtes montagnes.

Je frissonne un peu malgré ma veste de laine, monte la température sur le thermostat du salon. L'automne se fait plus froid aujourd'hui, tout en lumière, en contraste avec ma découverte macabre sur le site archéologique. La pauvre jeune journaliste, à la disparition longtemps irrésolue. Ma poitrine se contracte encore une fois. Pendant pratiquement vingt-cinq ans, sa famille aura espéré le retour de Maëlie. Aura voulu savoir ce qui s'était passé. Aura pensé à elle chaque Noël. Alors qu'elle était tout près, sous des strates de terre rouge, dans un trou de l'ancienne mine. Emmaillotée dans un linceul de rouille. Attendant d'être prête à remonter en surface du monde après un glissement de terrain provoqué par le dégel. De rencontrer sur sa route Ima, cœur sentinelle.

Sur le téléviseur ouvert au milieu du salon, où je m'immobilise un instant, les nouvelles de midi traitent de nouveau de Maëlie. Quelques séquences me montrent en pleine interview, mal à l'aise, en train de me dandiner en face du restaurant Bla-Bla. D'autres images présentent des photos de la courageuse journaliste, impliquée dans sa communauté, datées de la fin des années 1990. Son attitude frondeuse. Déterminée. Une prédatrice et non une proie.

Comme la mante gigantesque sur le site d'extraction. Il est rare de trouver des fossiles de prédateurs.

Ce sont presque toujours les proies qui nous parviennent.

Il était plus que temps que Marc Guilbault avoue son crime. En phase terminale comme il l'est, il n'ira pas une heure en prison. Une vie sans courage. De proie de part en part.

Il a refusé de répondre aux médias autrement que par le biais de son avocat. Il aura évité de faire face au drame jusqu'au bout. Se sera racorni dans sa honte. Du moins, s'il est capable d'un minimum d'empathie.

À l'écran, une photo de lui à l'époque apparaît, tout sourire, aux côtés de l'un des dirigeants de la mine alors prospère. Quelques années avant que le site d'extraction ne ferme, remplacé par la suite par les installations d'une nouvelle entreprise. Et d'une autre. On vide les fosses et on ne les remblaie pas pour passer à la suivante. Un travail de croque-mort bâclé.

L'image du téléviseur tressaille. Un quart de seconde. Encore une panne d'électricité ?

Une tempête magnétique ?

Elles augmentent, ces dernières semaines : l'activité solaire atteint son paroxysme, comme chaque douze ans. Ils en ont parlé dans une capsule au canal météo. Les taches solaires et leurs répercussions.

Mon fils, qui travaille à Hydro-Québec, me l'a aussi expliqué avant que l'on se brouille : la province est une zone fragile en cas de panne de courant. À cause de la composition des roches du Bouclier canadien. On peut aisément se retrouver en panne généralisée, comme cette nuit de 1989 où s'est déroulé un *blackout* total. Je m'en souviens vaguement, j'étais adolescente.

Et ça pourrait survenir ce soir. Un *blackout* absolu.

Ou maintenant.

Nous sommes toujours à la merci de ces ruptures abruptes.

Peut-être que je devrais appeler Antoine. Mon fils m'a possiblement vue au bulletin télévisé. Ça me ferait un sujet pour tenter de reconstruire les ponts.

Ensuite, j'irai marcher. Dans mon nouveau chez-soi. Envers lequel je sens de plus en plus d'appartenance. Un endroit où laisser mes marques. La terre sait si bien garder les traces, ici.

Par la fenêtre, j'aperçois des élèves retourner à l'école en motoneige, entassés sur les sièges. Quelques passants chaudement emmitouflés sortent du Northern avec des sacs d'épicerie réutilisables à l'effigie du commerce, aux teintes d'aurores boréales.

Sans doute que ce soir, elles se dérouleront de nouveau dans le ciel chargé.

Éveilleront leurs arcs étrangement oxydés. En mémoire des mantes retrouvées.

Je m'assois dans le fauteuil devant la fenêtre, le regard fixé sur un trou dans la glace au milieu du lac Knob.

De l'index, j'appuie sur le nom de mon fils dans le répertoire téléphonique.

Peut-être qu'il acceptera la communication.

La sonnerie s'étire. Me fait penser aux cliquetis des insectes qui s'approchent trop près des lumières.

La Tunique de Nessus

Maureen Martineau

« T'as rien vu, j'te dis. Dans le Grand Nord, les renardes se dessèchent vivantes avec leurs petits accrochés aux mamelles. La fièvre du charbon les brûle par en dedans. Vous n'êtes ni les premiers ni les seuls à être contaminés. J'arrive du lac Taureau. Ils ont croisé un renard arctique descendu du Nunavik, fallait qu'il se sente en danger pas à peu près pour traverser plus de mille kilomètres. Crois-moi, la bactérie ne se limitera pas au petit gibier. On pense avoir vu les dégâts avec la grippe aviaire. Le pire nous attend. Il faut bouger et vite. Même s'il est trop tard. Parce qu'on se l'cachera pas, on est déjà demain. Et avant que tu me le demandes, si je me donne tant de mal, c'est juste pour m'apaiser l'esprit en me disant que j'aurai tout fait. Parce que tu seras d'accord avec moi, c'est à n'y rien comprendre. On fonce droit dans un mur et personne ne bouge. J'te dis pas que certains matins, j'ai juste envie de tout sacrer là. Pourquoi est-ce que je me forcerais ? Hein, pourquoi ? Tout ce qu'on a fait... Ça n'a même pas freiné la vente de VUS[1]. Soixante pour cent d'augmentation l'an

1. SUV.

dernier. Quel gâchis ! Non, mais quel gâchis ! Vingt ans que je me bats. Tout ça pour quoi ? Pour rien. Presque rien. Pas assez en tout cas. Pas assez pour empêcher les pauvres bêtes de crever. Parce qu'ils crèvent, les animaux. Ils n'attendent pas que les bozos se réveillent et fassent leur part. Ils crament dans les incendies en Minganie, au milieu des terres inondées, sous les broyeurs des tondeuses à pelouse. Les gens sont vraiment mal faits : t'as beau avoir la fin du monde au cul, on dirait que tu t'en fous. Tu restes là, à pas grouiller de ton fauteuil. T'aimes mieux regarder le film à la télé en te faisant accroire que tu joues pas dedans. »

Dans la forêt boréale où le flamboiement des feuilles a atteint son apogée, la déferlante des mots de Léa Marcoux s'entremêle au martèlement des pic-bois et au *qui-qui-qui* nasal des sittelles. « Toute cette chaleur, ce n'est pas normal. La nature se dérègle, nous aussi », dépose-t-elle en final à son envolée, le cou arqué vers le faîte des bouleaux alors que ses pas habiles avancent à l'aveuglette dans les interminables lacis de la forêt. Pour Eugénie Legrand, la jeune employée de la pourvoirie qui tente de la suivre, son attention est tout entière à serpenter entre les racines saillantes. L'air assèche son souffle. Elle en blâme les trente-deux degrés inhabituels de cette fin d'octobre. Comme elle souhaiterait ralentir la cadence ! Mais tout comme hier, la vétérinaire qu'on l'a obligée à accompagner a le mors aux dents. « Plus vite on les inocule, plus vite on évite la catastrophe. » *La* catastrophe. Depuis son arrivée à l'Auberge du Triton, cette alerte roule dans sa bouche comme un bonbon qu'elle étire. La catastrophe anticipée, la sixième extinction, l'ère de l'anthropocène. Cette femme-tempête dépêchée en Haute-Mauricie par la Santé publique est une véritable apôtre du climat. Quand elle s'y met, plus rien ne l'arrête. Pour l'instant, elle a déposé son lourd sac de médicaments sur un tapis de lichen et s'éloigne du sentier pour se soulager derrière un talus. Accroupie, pantalon baissé, la voilà repartie.

« Quand j'étais petite, j'avais peur de m'asseoir sur la cuvette de la toilette, de disparaître dans le drain. Je demandais où ça s'en allait, tout ce qui sortait de notre corps quand on actionnait la poignée. On me faisait croire que ça disparaissait. Dans un tuyau. Comme par magie. Je me disais, ça s'peut pas, un jour ça va déborder, toute la merde va regicler dans notre maison. La nuit, je ne m'endormais qu'après avoir mis une brique sur le couvert de la cuvette. »

Sans interrompre son récit, la vétérinaire reprend son sac à dos et, les yeux repliés vers l'intérieur, continue de soliloquer.

« Aujourd'hui j'ai trente-cinq ans, et la toilette déborde plus que jamais. Le dépotoir s'est étendu à la grandeur de la planète. Il n'y a plus de ruisseau assez propre pour s'y tremper les pieds. La terre, on l'a perdue. »

Elles ont repris la route. Eugénie continue de suivre à la trace l'abondante chevelure dorée qui dégringole en cascades sur les épaules de cette femme de feu qui semble croire que semer un flot de paroles dans son sillon éveillera les consciences.

« Pour faire marche arrière, il faudrait un effort de guerre, arrêter la machine, vivre avec moins, tu comprends ? Mais dis-moi, quelle famille est prête à se débrouiller avec une seule voiture, à sacrifier sa piscine, à retirer la viande de son assiette ? On est rendus accro à notre confort. Y a pas encore de vaccin contre ça. »

Dans la touffeur de la forêt, les fougères ploient sous son pas indigné. La jeune guide s'est rapprochée pour mieux humer le parfum des mots, un doucereux poison qui l'enivre. Mais le ravissement qu'elle éprouve provient surtout de la texture râpeuse du grain de la voix. Une litanie aux accents de désespoir, on dirait presque une chanson. Cette passion qui anime la militante lui va droit au cœur. N'y a-t-il pas meilleure âme que celle d'un être qui risque sa vie pour sauver un animal ? C'est ce que pense Eugénie en observant devant elle la fine silhouette se fondre dans le sillage avec l'assurance d'un cerf. Comme elle aimerait qu'on se soucie de sa personne de la sorte ! Qu'on lui offre un vaccin contre la noirceur qui l'intoxique.

Au détour d'un bosquet d'épinettes et de mélèzes surgit le lac aux Biscuits, là où elles doivent installer une première série d'appâts médicamenteux. L'eau absorbe la lumière du matin, immobile comme une tache d'huile. Sous le coup de l'éblouissement, la vétérinaire s'immobilise. Puis, comme si elle répondait à un inexorable appel, ses longues jambes écartent les herbes folles pour atteindre la minuscule grève jonchée de branches mortes. Restée à distance, Eugénie se retient de l'avertir de la population de sangsues qui prolifèrent à cet endroit, mais l'autre a déjà retiré ses vêtements et se glisse dans l'onde limpide. Eugénie a vite fait de se jucher sur une souche pour mieux voir. Dans sa poche, elle attrape son iPhone et scrute le paysage. Au bout de quelques secondes, une tête réapparaît au large, puis le corps nu de la nageuse aussitôt renversée sur le dos. Une joie exaltée au ventre, elle immortalise l'instant sublime.

Peinant sous la canicule, les deux femmes ont installé une dizaine de pièges à la décharge du lac puis d'autres un peu plus loin, en zone marécageuse, et encore dans un taillis de broussailles longeant un ruisseau innommé. Étrangement, après sa baignade, la belle femme blonde a peu parlé, s'est contentée de donner des directives : « Mets des gants, c'est plus prudent. » « Cache un peu mieux la viande, on ne veut pas qu'elle soit avariée avant d'être trouvée. » « Tes portions sont trop généreuses, on a besoin d'en mettre peu, mais dans plusieurs caches. »

Ce n'est qu'à la dernière station, en bordure de la rivière Batiscan, alors qu'elles s'accordent une pause sur un rocher limoneux, qu'Eugénie ose un « C'est mieux ici pour se rafraîchir ».

Léa émane alors de sa bouderie pour lui lancer :

« Pour que tu me photographies en cachette ? »

Un tremblant « J'voulais pas… » fait éclater de rire la vétérinaire.

« Ça va… tant que tu ne publies pas ça sur les réseaux sociaux. De toute façon, à cette distance, on ne reconnaîtrait personne.

— C'est juste pour moi… pour mon travail. »

Une pointe d'interrogation dans l'œil, Léa tend une barre énergétique à Eugénie.

« Je suis employée ici l'été, confie cette dernière, tout en déballant sa collation, mais j'étudie en arts numériques. J'utilise des photos que je manipule avec des algorithmes.

— Ouf ! Pas mon monde, ça. Je connais rien là-dedans. »

La jeune guide absorbe le coup, son sourire s'éteint. Immédiatement, une main se pose sur son bras.

« Mais ça m'intéresse. Tu me montreras. »

Au toucher des doigts qui effleurent sa peau, Eugénie tressaille. Un doux frisson descend au fond de sa chair, persiste.

Depuis trente minutes, le duo progresse vers l'auberge à travers une pinède qui semble s'élargir devant elles. Électrisée par la grâce du moment, Eugénie flotte en foulées souples sur le tapis d'aiguilles rouille, le long du chemin parfumé d'écorces résineuses. Personne ne s'intéresse jamais à ce qu'elle fait, et ce matin, cette femme… Si gentille, attentionnée… Se peut-il que les sentiments vous foudroient… comme une fièvre ? Elle rit pour elle-même de la comparaison. Car c'est bien ce qui la bouleverse en cet instant. Tout son petit être contaminé par la dose amoureuse que lui a inoculée l'ange apparu dans sa vie. Elle va se mettre à fredonner lorsqu'un cri déchire l'air.

« *Fuck, the shit!* C'est pas vrai ! »

Devant elle, la vétérinaire dévale le ravin sur les fesses en s'agrippant aux racines. Elle a vite fait d'atteindre la berge caillouteuse du ruisseau où gît un jeune faon. En moins de deux, un masque de protection couvre sa bouche et son nez, et c'est avec des gants chirurgicaux qu'elle ausculte la bête morte. De sa position de surplomb, tétanisée, Eugénie observe l'accablant spectacle. *Un mauvais présage* est la seule pensée qui éclate dans sa tête.

« Amène-toi ! lui crie Léa. C'est le temps de le sortir, ton kodak! Je veux sa gueule, sa langue, ses dents. Et apporte la bâche, va falloir l'isoler pour éviter la contamination. Grouille-toi, bon sang ! »

Eugénie enfile les gestes mécaniquement. Elle sent son ventre se contracter à mesure qu'elle s'approche du cervidé. Hors de question d'attraper la maladie animale et, qui sait, d'en mourir… pas maintenant que sa vie commence à peine. Accroupie près de la mâchoire ouverte, elle a le cœur qui cogne. Tout en ajustant son appareil photo, sous son N-15, elle se retient de respirer. Les articles qu'elle a lus sur l'épidémie informent du danger des fines particules qui s'accrochent en hameçons aux alvéoles des poumons, entraînant une dégradation rapide de la capacité respiratoire. Au moment de prendre une première photo, son regard croise les deux billes sombres révulsées dans le blanc de l'œil de la bête qui semble la supplier: « Ne la laisse pas faire! » Elle se tourne alors vers sa compagne pour réaliser avec effroi que celle-ci tient un couteau dans une main et de l'autre enserre le cou de l'animal. Dans un bruit de déchirement, la lame s'enfonce dans la peau et va percer la carotide. L'instant d'après, les mains de la vétérinaire s'agitent à recueillir dans un contenant quelques milligrammes de sang qui jaillissent en perles rouges.

« Aide-moi », lance-t-elle avec agacement.

Au lieu de cela, Eugénie s'éloigne en courant à travers les buissons épineux. La sueur lui fait de l'eau jusque dans les yeux. Prenant appui sur un chicot, elle lutte de toutes ses forces contre le reflux qui lui tord l'estomac. *Surtout, ne pas vomir devant elle.*

Dans le bureau de la gérante de la pourvoirie, l'atmosphère est à couper au couteau. La vétérinaire a refusé de s'asseoir. Son ton s'est fait dramatique, presque lapidaire. « Il faut fermer l'accès à tous les sentiers. Tout de suite.

— Il n'en est pas question, répond sans broncher Dania Saint-Clair, une femme aussi forte que courte. J'ai déjà des forfaits de chasse de vendus. Les clients ont pris leurs chambres. Je n'annule rien du tout. »

Debout dans l'embrasure de la porte, Eugénie ne rate pas un mot de l'échange, le cœur accroché au tic de nervosité qui fait battre la paupière de Léa comme les ailes affolées d'un papillon.

« Vous n'avez aucune idée de la contagion. Si ça se trouve, d'autres animaux sont déjà atteints. Vous mettez vos visiteurs en danger.

— Ils chassent beaucoup plus à l'est, dans le secteur du lac du Faiseur de Pluie. Déjà qu'on a dû fermer deux semaines en juin à cause des feux de forêt. Vous voulez quoi ? Qu'on mette la clé sous la porte ?

— De toute façon vous n'aurez pas le choix, la Santé publique va émettre un décret. Il faudra vous y conformer.

— On verra bien. En attendant… »

Le regard de la gérante s'est tourné vers Eugénie qui sort des nues.

« Va bloquer l'entrée de la piste La Grande Virée, ça devrait suffire pour l'instant. »

Ravalant sa colère, Léa avance d'un pas.

« Ça ne suffira pas, je vous dis. »

Eugénie promène son regard entre les deux femmes et, pour sauver la situation, lance presque dans un cri :

« La carcasse ! J'en fais quoi ? »

La réponse fuse dans son dos de la bouche d'un grand brun à l'accent américain.

« Tu me la donnes. J'adoooore les carcasses. »

Il laisse échapper un long rire alors que Dania s'éjecte de sa chaise.

« Monsieur Barlow ! Vous avez fait bonne chasse, ce matin ?

— Très bonne, éclate-t-il. Mais je manqué de chasse-moustiques. *I want to be hunting "peurdrizes", not bugs. So many, for this time of year!*

— Je vous trouve ça tout de suite », s'empresse de répondre la gérante en se penchant derrière le comptoir.

Devant le regard catastrophé de Léa, l'homme rajoute, le sourcil froncé.

« *Is there a problem ?* »

Devançant la gérante qui lui lance des flèches, la vétérinaire rétorque :

« Les activités sont annulées. Une grave épidémie a éclaté dans la région et contaminé la faune. »

Puis elle tend la main.

« Léa Marcoux de la Santé publique. »

La réponse, tout en sourire, ne tarde pas.

« Je vais être prudent *doctor*, *promise !*

— Je suis sérieuse, monsieur.

— *Call me Will.*

— Si vous comptiez retourner en forêt, vous allez devoir reporter vos projets, "Will". Je ne ris pas. La fièvre animale se propage aux humains et peut s'avérer mortelle. »

Comme si de rien n'était, d'un geste rapide, l'arrogant attrape la canette de chasse-moustiques que lui tend Dania en disant :

« *I take good note.* »

Et le voilà reparti aussi prestement qu'il était apparu.

Dehors, Eugénie tente de calmer Léa qui bouillonne.

« Il loge au pavillon Le Faunique, je vais le rattraper et le convaincre du danger.

— Quel enfoiré !

— Faut pas s'en faire. On le connaît bien, c'est un régulier, un peu excentrique sur les bords.

— C'est surtout un con, à ce que j'ai pu voir.

— Pas n'importe qui, quand même, modère Eugénie. Le gars est une grosse vedette dans le milieu des NFT.

— Des quoi ? s'impatiente Léa.

— *Non Fungible Token*. C'est un marché de l'art assisté par IA… euh… par intelligence artificielle.

— Pftt! Ça n'a pas l'air de le rendre plus intelligent pour autant.

— C'est surtout un grand collectionneur. Il m'a déjà acheté une œuvre », confie la guide du bout des lèvres.

Léa tourne vers elle ses immenses yeux d'un vert cendré. Méprenant son air surpris pour de l'intérêt, Eugénie fait défiler des images sur son iPhone jusqu'à trouver l'œuvre en question. La fierté lui rosit les joues, alors qu'elle montre à son idole la peinture du *Déjeuner sur l'herbe* qu'elle a retravaillé avec plusieurs logiciels. Le grain de la peau des personnages est strié de nervures comme s'ils avaient été écorchés de leur chair alors que la femme nue qui déjeune a la peau trouée de yeux hagards qui semblent défier le spectateur invisible.

Une moue boudeuse, presque une grimace, se dessine sur le visage de Léa.

« C'est spécial. Mais au fond, c'est pas vraiment *ta* création. Plutôt celle de Manet, légèrement modifiée. Et tout ce… trucage… c'est l'ordi qui le fait, non ? »

Eugénie se prend la remarque en pleine figure.

« Je travaille aussi sur mes propres œuvres. À partir de photos que je prends. Tu veux voir ? »

Mais l'autre est déjà en route vers son Jeep. Un « Plus tard ! » lui parvient du véhicule qui s'ébranle dans un grondement de moteur. Eugénie sent les larmes lui monter aux yeux, irrépressibles. Sans doute que cette femme sur laquelle elle vient de jeter son dévolu ne vaut pas plus que les précédentes. De chacune, elle porte l'écorchure laissée par un mensonge ou une trahison. Mais d'entre toutes les blessures, l'indifférence est la plus tranchante des lames. La main pressée sur la poitrine, Eugénie sent sa peau lui faire mal. Ça fait si longtemps qu'on ne l'a pas caressée.

Elle prend un instant pour se ressaisir. Ce n'est pas la première fois qu'elle tombe. Allez ! Cette bataille d'amour, elle compte bien la gagner. Il lui faut juste un peu de temps. Elle réfléchit. Léa est repartie à La Tuque analyser les échantillons et ne sera de retour que demain matin. Pourquoi ne pas créer une œuvre qui l'éblouira ? Avec les photos prises en forêt ce matin. Peu de gens résistent à la flatterie d'être le sujet d'une œuvre.

Rassurée, d'un geste nerveux, Eugénie chasse les derniers relents de détresse, puis lève les yeux. Le ciel s'est embourbé de lourds nuages. La pluie annoncée cette nuit aura peut-être raison de la propagation de cette étrange fièvre qui vient de s'abattre dans le domaine du Triton. Il le faudrait, car si les touristes désertent, elle devra partir, elle aussi. Or cet argent, elle en a cruellement besoin. L'université et la vie à Montréal coûtent si cher. Ce n'est pas le moment de se mettre à dos la direction. Vite se reconcentrer sur son travail et rattraper cette tête enflée de Barlow avant que Dania ne lui tombe dessus.

Eugénie se rend au pas de course au pavillon Le Faunique, situé légèrement à l'écart des autres installations de la pourvoirie. Ses vêtements lui collent à la peau. Sa mission ne sera pas facile. Ce n'est pas la première fois qu'elle tente d'approcher la *star*. Son succès est admirable. Comme elle souhaiterait échanger davantage avec lui ! Après tout, ne sont-ils pas dans le même domaine, tous deux fanatiques du pouvoir artistique des hautes technologies ? Mais Barlow affiche à son égard le mépris qu'on réserve aux porteurs de valises. Et c'est bien ce qu'elle est ici, une simple employée cumulant les tâches : femme de chambre, guide, conductrice du ponton, charroyeuse des bagages.

Alors qu'elle frappe à la porte de la chambre 39, un sourire s'étire sur ses lèvres. Elle est certaine que le prétentieux n'a même pas remarqué la dispendieuse paire de bas thermos qu'elle lui a volés l'an dernier, ceux-là mêmes qu'elle porte en ce moment. Elle toque de nouveau. Il est déjà parti. Ne pouvant résister à l'envie de fouiner, Eugénie lance un regard aux alentours. L'étage est désert. Elle tourne la poignée et entre comme elle adore le faire dans les chambres de la pourvoirie qui se targue d'être un lieu où l'on ne barre jamais les portes. Un jeu qui se solde toujours par le vol d'objets sans importance : une brosse à dents, une culotte de femme, un sac de pistaches, un roman, rien d'assez majeur pour signaler un méfait. Mais chaque fois, l'exquise sensation de ravir à la vie ce qu'elle a omis de lui offrir : des cadeaux, douceurs et autres petits riens qui font qu'on se sent aimé.

Lorsqu'elle pousse la porte de la chambre, une odeur de viande faisandée la saisit à la gorge. Elle se fige sur place. Là, sur la commode, gît une perdrix éventrée de ses viscères. Épouvantée, Eugénie recule à pas lents vers la sortie. Soudain son mouvement est stoppé par la sonnerie d'un texto entrant. Après un instant d'hésitation, sa curiosité l'emporte. Et s'il y avait là, dans le veston accroché au mur qu'elle a repéré par la sonnerie, un petit bout de Barlow à lui confisquer… D'un pas nerveux, elle s'avance. Quand elle décroche le vêtement, une fine écharpe de soie noire glisse au sol, celle que le bellâtre portait au souper, la veille. Un petit truc qui doit valoir une fortune. Sans même chercher à résister à la tentation, Eugénie glisse l'écharpe dans sa manche puis elle se met à fouiller l'étui du cellulaire. S'y trouve bien un permis de conduire, quelques billets de vingt dollars, mais à ça, elle ne touche jamais. Elle préfère ravir des photos d'êtres chers, des cartes professionnelles importantes. En en manipulant quelques-unes, elle découvre un papier précieusement replié. *Un billet doux*, se plaît-elle à imaginer. Pour étirer le plaisir, elle le glisse dans sa poche sans l'ouvrir. Qu'une seule chose l'intéresse en ce moment, le dernier message téléphonique reçu par Barlow: Pour ta gélinotte, je t'offre 4 ETH. À quelle œuvre l'acheteur fait-il allusion? Les mains moites, Eugénie fait défiler le cours des récentes conversations échangées avec un certain Edward Link. Elle découvre vite l'œuvre NFT que Barlow a tirée de la chair animale étalée sur la commode. Prise d'un haut-le-cœur, elle détourne vivement les yeux. Le téléphone lui glisse presque des mains tant le dégoût la submerge. Reprenant courage, elle s'oblige à examiner le travail de l'artiste. L'étrange image qui s'offre à elle est à la fois diabolique et fascinante. Flottant dans le violet du ciel, la gélinotte éventrée est suspendue par une patte à un fil invisible. On croirait voir une nature morte peinte par un maître hollandais, sauf qu'ici l'horreur supplante la beauté. Les intestins visqueux de l'oiseau s'extirpent de ses entrailles pour s'étirer dans l'espace sidéral jusqu'à devenir d'inquiétants nuages aux couleurs psychédéliques. Le souffle coupé, Eugénie s'empresse de remettre le cellulaire dans le veston qu'elle replace au crochet du mur. *Voilà donc le crapuleux processus créatif de Will Barlow*, s'insurge-t-elle en refermant la porte. Comment ose-t-il faire ça? Si cela se savait… Elle n'ose imaginer le scandale chez ses admirateurs. Tuer pour peindre. Sacrifier de pauvres bêtes pour son art, alors que d'autres, comme la brave vétérinaire, consacrent leur vie à les sauver. Une onde de révolte lui gonfle les flancs alors qu'elle dévale les escaliers. Un tel homme ne mériterait que le sort qu'il vient d'infliger à la pauvre gélinotte. Pour six mille dollars américains! Eugénie rage tant à présent qu'elle claque la porte du pavillon. Bien sûr qu'elle aussi serait capable d'une telle œuvre. En accrochant l'Américain nu à un arbre, par les pieds, le ventre déchiré, tiens! Mais elle est plus fine que ça. Elle trouvera bien une façon de le punir. Car en ce bas monde, tout mal doit se payer.

Le visage livré à une éclaircie de soleil, elle s'arrête un moment au pied de la véranda pour réfléchir. La lumière irradie chacun de ses membres. Une pensée se faufile peu à peu dans son cerveau surchauffé. Un souvenir plutôt, qui lui rappelle le bout de papier qu'elle a glissé tout à l'heure dans la poche de son pantalon. Et si c'était... Lorsqu'elle le déplie, son intuition se confirme. Sous ses doigts tremblants, elle peine à calculer le nombre de mots du message: 12... 12 mots. Elle retient le cri qui lui fend la gorge. Vient-elle vraiment de gagner contre le diable? Elle peine à le croire. À la vitesse grand V, un plan s'échafaude dans sa tête. Eugénie jubile. Cet odieux de Barlow n'a pas idée du sort qu'elle lui réserve. Une nuit qu'il ne sera pas près d'oublier.

Dans le corridor de l'auberge, les employés courent dans tous les sens pour rassurer les clients. L'ordre d'évacuation vient de tomber. D'ici demain soir, tout le monde doit avoir quitté le site. Debout dans le bureau d'accueil, Eugénie triture le bord de sa blouse pendant que Dania s'adresse à elle sans prendre la peine de lever les yeux de son ordinateur.

« T'as vu monsieur Barlow?

— Il n'était pas à sa chambre. Sans doute déjà reparti en chasse au petit gibier.

— Seul? s'enquiert-elle.

— Il part toujours seul », réplique Eugénie qui ne comprend pas la question, puisque c'est connu que ce têtu préfère s'enfoncer en forêt sans guide.

Dania esquisse un sourire. On la dirait presque heureuse que le touriste puisse profiter de sa dernière journée en paix. Leur « célèbre » visiteur, un habitué de la place, véritable mine d'or avec la publicité qu'il ne cesse de leur faire à New York où il possède un studio. De la main, elle fait signe à Eugénie qu'elle peut y aller.

Soulagée de la dispense, cette dernière se rue vers le bâtiment où elle loge pour s'enfermer dans sa chambre. Elle dispose de si peu de temps pour créer une œuvre numérique qui séduira son nouvel amour. Le besoin de revoir Léa l'obsède. Elle ne pourra la croiser qu'en matinée car ensuite, la belle femme repartira comme eux tous. Cette seule idée l'affole. C'est le cœur ennoyé qu'elle s'assoit en tailleur sur son lit, l'ordi sur les genoux, et fait défiler les photos de la baignade matinale. L'une en particulier lui arrache un serrement. Caressés par le soleil blanc, les petits seins pointent au-dessus de la ligne brisée des flots. *Un bout d'aile.* La composition d'une créature mi-femme mi-paruline se faufile dans son imaginaire. Quelle œuvre unique ce serait ! Eugénie imagine déjà l'émerveillement de Léa devant son talent… sa main sur la sienne, leurs promesses de se revoir… Ce travail va lui prendre des heures, toute la nuit sans doute. L'heure qu'affiche son réveille-matin la sort de sa léthargie. Avant de s'attaquer à sa création numérique, elle doit régler le cas de Barlow. En moins de deux, elle a enfilé ses bottes de marche et attrapé son sac. En sortant sur le perron, elle inspire à fond pour se calmer. Ça va, il n'est que quinze heures, elle aura le temps.

L'aube grise s'immisce par la corniche de l'unique fenêtre de la chambre d'Eugénie. Elle dort, le drap enchevillé comme si elle avait nagé une partie de la nuit. Sous le coup du vent frais qui lui caresse le dos, elle ouvre brusquement les yeux. Les images de la veille se télescopent dans son esprit jusqu'à l'affoler. Qu'a-t-elle fait ? Le dos droit comme un i, elle s'assoit dans son lit. Un poing lui comprime le cœur. *Qu'est-ce qui t'a pris ?* lui reproche sa tête. *Idiote, va! Tu vas te faire arrêter. C'est vraiment ce que tu veux ? Pourrir dans l'ombre d'une prison ?*

Pour chasser ses pensées assassines, elle se lève d'un bond et enfile ses vêtements. Personne ne pourra la soupçonner. Elle a bien pris soin d'effacer toutes traces derrière elle. Ce qui l'attend ce matin est un destin tout autre. Pour s'en convaincre, elle ouvre l'ordinateur qui traîne sur sa table de chevet et fait rejouer pour une énième fois *le Baiser de l'oiseau*, la courte œuvre d'animation numérique à laquelle elle a travaillé jusqu'au petit matin. L'écran lui renvoie une musique stridente, arythmique, qui accompagne une dizaine de séquences répétées en boucle, où une femme nue affublée d'une tête de paruline flamboyante embrasse une jeune fille. On y reconnaît à peine les traits humains tant les contours des visages sont mouvants, déformés par des tubulures de vagues trouées de mille petits seins aux couleurs criardes qui ondulent, s'entremêlent, s'interpénètrent avant de se dissoudre dans un ciel marin. Un doute traverse Eugénie. Est-ce que Léa saura apprécier ce style décalé dans lequel la beauté épouse l'étrange ? *Comme toi et moi*, songe-t-elle en passant les doigts sur sa peau ravinée par la zébrure d'une cicatrice qui court du haut de sa joue à son menton et qu'elle porte comme une tare. *Le porc-épic et l'oiseau. Ça se peut*, se rassure-t-elle, en hâtant le pas vers l'auberge, son MacBook Air sous le bras.

Légèrement à l'écart, baignée de la lumière matinale, la vétérinaire est attablée devant un bol de fruits frais et un pot de yaourt. Son visage mangé par la fatigue lui donne une impression de fragilité. Sans en demander la permission, Eugénie se glisse sur la chaise lui faisant face.

« Tu ne prends pas de café ? » bredouille-t-elle, troublée par les lèvres ensommeillées de la belle.

Cette bouche, songe-t-elle, *on n'a envie que de l'embrasser, mieux, d'en être mordue.*

« Pas besoin de caféine, marmonne Léa, la journée est déjà assez stressante. Et toi, tu as bien dormi ? »

Eugénie revient sur terre.

« J'ai surtout pensé à ce que tu m'as dit hier… que t'aimerais bien voir mon travail. »

L'ordinateur est sitôt posé sur la table. Mais au moment d'ouvrir le fichier qu'elle veut partager, Eugénie se fait apostropher par Dania, qui l'engueule presque.

« Te voilà, enfin ! J'ai besoin de toi. On doit transporter Will Barlow à l'hôpital de La Tuque. Ça presse.

— Il est malade ? intervient la vétérinaire, un léger tremblement dans la voix.

— Forte fièvre. Des raideurs. Il peut à peine bouger. C'est vraiment pas normal.

— Des plaques, de la rougeur ? poursuit Léa, déjà debout à ramasser ses affaires.

— Je ne sais pas. Il est dans sa chambre.

— Je me rends l'examiner. Si c'est ce que je crois… »

Et la voilà aussitôt repartie en direction du pavillon Le Faunique avec la gérante qui se retourne au dernier moment pour lancer à Eugénie :

« Va préparer le ponton. Les ambulanciers sont en route, ils vont vous attendre au débarcadère de Lac-Édouard. »

Restée seule, Eugénie fixe le pot de yaourt non entamé. La faim qu'elle ressent soudain lui rappelle qu'elle a oublié de souper la veille. En avalant la première cuillerée, elle sent un frisson lui électriser le dos. Léa va déceler sans peine les traces de la fièvre charbonneuse chez l'imprudent chasseur. À la deuxième cuillerée, la malice aux lèvres, elle se dit que finalement la vie peut être belle parfois, même pour les plus mal foutues.

Le vent s'est levé et la houle claque sur les parois du ponton, rendant le plancher glissant. À la barre de l'embarcation, Eugénie peine à maintenir la bonne direction sous les yeux réprobateurs de Léa qui tente tant bien que mal de garder la civière en place. Elle a tenu à accompagner Will Barlow jusqu'à l'hôpital. Voir de plus près l'évolution de l'infection. À l'écouter parler, on la croirait séduite par la force que développe le virus au contact du tissu humain. C'est son premier cas, *son* cas à elle. Depuis ce matin, elle n'a d'yeux et de soucis que pour Will. Ce qui ne rate pas de mettre en rogne Eugénie.

« Dépêche-toi, il vient de perdre conscience. Ça ne regarde pas bien du tout. »

Qu'il crève, peste intérieurement Eugénie. *Alors seulement verras-tu que j'existe, qu'une nuit entière j'ai joué avec l'image de ton corps superbe. Par les doigts de mon ordinateur, j'ai caressé tes courbes, éclairant d'une jaune lumière tes mamelons givrés d'eau. Je t'aime tant, et même dans ce matin houleux qui te le crie, tu ne m'entends pas.*

De rage, elle donne un coup de barre pour diriger le bateau vers l'étroit chenal qui débouche plus loin sur le lac à la Croix. La civière roule sur sa gauche, Léa jure.

« T'es folle ou quoi ? Tu veux le faire verser ? »

Après un moment.

« Il va mourir ? demande la guide, l'air stoïque.

— Si tu ne te grouilles pas plus que ça, oui. »

Eugénie soupèse malignement sa réponse avant de lancer :

« Alors, je ne grouille plus. »

Ensuite, elle éteint les moteurs. Sans bouger Léa la dévisage, les yeux plongés dans les siens, parfaitement muets. Autour d'eux, ici dans l'étroit passage marécageux, les vagues agitent les algues en tous sens. Eugénie savoure le moment. Pour la première fois, la femme semble lui prêter une réelle attention. Encouragée, elle lâche le gouvernail et s'avance à pas lents. Quand elle pose sa main sur l'épaule de sa bien-aimée, celle-ci ne bronche pas. L'émotion lui étreint la gorge avant que les mots ne franchissent sa bouche.

« T'es belle comme un oiseau. Tout le monde aime les oiseaux. »

Et sans prévenir, Eugénie l'empoigne par le cou et presse ses lèvres contre les siennes.

Léa a un mouvement de recul. En pliant les genoux, elle réussit à se dégager de l'étreinte. D'un geste malhabile, elle essuie sa bouche.

« Oh... je pense qu'on s'est mal comprises, là. Je ne suis pas...

— Je t'aime, lui déclare tout de go Eugénie en lui attrapant les poignets. Ce que j'ai fait, je l'ai fait pour toi.

— Eille ! Lâche-moi ! »

Pointant le menton vers Barlow, Eugénie continue comme si elle n'avait pas entendu ce qu'a dit Léa.

« Ce gars-là est un monstre. Il tue les bêtes que tu veux sauver de la mort. Il n'a que ce qu'il mérite.

— Tu me fais mal, crie Léa, totalement hébétée.

— Sa fièvre… ça ne vient pas des perdrix évidées dans sa chambre. C'est moi. Son écharpe noire sur la peau du cerf mort. Hier soir, j'y suis retournée. Le beau Will s'est empoisonné au contact d'un tissu, comme le centaure Nessus. »

Eugénie resserre sa poigne. D'un coup sec, elle rapproche la prisonnière de son visage. Un grain de folie lui déchire l'œil quand elle ajoute :

« Tu ne connais pas tes mythes grecs ? Nessus a été atteint de la flèche empoisonnée d'Héraclès. Quand il l'a retirée, le sang souillé a imbibé sa tunique. »

Devant un tel délire, Léa n'ose plus bouger. Un rire nerveux agite les épaules d'Eugénie alors qu'elle poursuit.

« L'ironie de l'histoire, c'est que peu de temps après, Héraclès a reçu en cadeau de sa femme jalouse la tunique contaminée. On raconte que ses souffrances ont été atroces. »

Léa la fixe avec des yeux ronds d'étonnement, ce qui fait réagir Eugénie.

« Ne me regarde pas comme ça, crie-t-elle. Je ne suis pas folle ! Je t'aime, c'est tout. Ça se peut aimer très fort des fois, tu sais. »

La vétérinaire se ressaisit, inspire.

« Eugénie… s'il te plaît… est-ce qu'on peut se parler calmement ? »

Cette dernière semble retrouver ses esprits. Elle lâche sa prise et, d'une voix brisée, confie :

« C'est la première fois que tu prononces mon nom. Il est si beau dans ta bouche. On pourrait être bien toutes les deux, tu sais… et riches. »

La fierté lui nimbe le front alors qu'elle plonge la main dans la poche de sa veste. Brandissant un morceau de papier chiffonné :

« Je lui ai volé ça, à notre Nessus. Il y a toute une fortune à cueillir au bout de cette *seed phrase* de douze mots. Le temps qu'il moisisse à l'hôpital, on aura vidé son compte et bouclé nos bagages. J'ai maintenant accès à son Wallet, imagine ! Un solde de près de trois millions en cryptomonnaie. À partager, c'est un beau magot, non ? »

Dans la seconde qui suit, Eugénie croit voir les yeux de Léa s'illuminer. Peu de gens savent résister à l'attrait de l'argent. Mais ce qu'elle méprend pour de l'avidité éclate en colère.

« Tu me prends pour qui ? T'es encore plus fuckée que j'pensais. Je l'ai su dès que j't'ai vue que ça tournait pas rond dans ta petite tête. »

Les traits d'Eugénie se décomposent. Un acide goût de mourir l'envahit.

« Ma fille, compte-toi encore chanceuse de pouvoir plaider la folie quand la police t'aura mis le grappin dessus », de rajouter Léa avec férocité.

Au seul mot « police », la poitrine d'Eugénie se contracte et c'est la guerre aux lèvres qu'elle avance vers la paruline qui refuse de se laisser amadouer.

« Il ne va rien m'arriver parce que tu parleras pas. Tu diras rien parce que tu vas accepter l'argent et que tu vas partir avec moi quelque part où on peut se faire oublier. C'est pour toi que j'ai volé. Et si on me questionne, t'es sur le coup avec moi depuis le début, c'est ça que je vais répondre. »

De la civière où il est étendu, Barlow se met soudain à geindre. Tout son corps est traversé de spasmes. Léa se précipite à ses côtés pour l'aider à régurgiter. Dans un cri, elle supplie.

« Remets les moteurs en marche, son pouls s'affaisse. On va le perdre. »

Eugénie demeure de fer. Un cliquetis se fait entendre dans le vent. C'est qu'elle brandit la clé du moteur au-dessus des flots avec la mine de vouloir la jeter au milieu des algues.

« Si tu refuses de me suivre, c'est ici que notre voyage se termine. »

Le visage de la vétérinaire se vide de son sang.

« T'es folle ! Fais pas ça ! »

Eugénie la regarde, l'œil vide.

« J'aurais dû le savoir. T'es comme les autres. Pas mieux. Pire, même. »

L'autre se redresse d'un trait et, le pas décidé, fonce sur elle en tendant la main.

« Ça suffit. Arrête tes enfantillages et donne-moi la clé. »

Eugénie continue de la narguer en agitant bien haut le trousseau.

« Et pourquoi je ferais ça ? Avec le papier que j'ai dans ma poche, la vie va enfin être bonne avec moi. Je vais pouvoir me consacrer à mon art, aller étudier dans les meilleures écoles aux *States*. Y a pas que Barlow qui a droit au succès.

— S'il crève, c'est sa mort que tu vas avoir sur le dos. »

Le regard qui la toise est déserté d'humanité.

« Pas si je te fais taire… »

Sous le coup de la menace, Léa saute sur la guide, lui attrape le bras et le tord dans son dos. D'un coup de hanche, Eugénie repousse son adversaire contre la rampe. Le choc est tel que Léa bascule par-dessus bord. L'eau peu profonde à cet endroit lui permet de se remettre debout en moins de deux. La voilà qui avance à grandes enjambées dans le chenal, tirant sur ses pieds qui s'enlisent dans le sable. Eugénie saute dans l'eau à son tour. Pas question que cette traîtresse alerte les secours. Elle a tôt fait d'agripper la fuyarde par les épaules, la faisant tomber à genoux. Léa se prend une bonne rasade, s'étouffe. Eugénie saisit le moment pour lui plonger la tête sous l'eau au plus creux du fond vaseux. La victime a beau se débattre, en force, le duel est inégal. Au bout d'interminables minutes, ses muscles tressautent jusqu'à relâcher toute résistance. À bout de souffle, Eugénie abandonne le corps inerte et se propulse sur le dos, aspirant l'air frais à grandes goulées. Au-dessus d'elle, le ciel s'est alourdi de nuages de brume. Une vague tristesse l'envahit. Cette amoureuse qu'elle croyait avoir enfin trouvée, elle l'aimait bien. Leur vie ensemble s'imaginait si facilement… Une autre qui n'aura pas voulu d'elle. Tant pis.

Les sens aiguisés comme des lames, Eugénie se remet debout et, de l'eau à la ceinture, balaie des yeux le paysage. Une seule option se présente à son esprit survolté : cacher le corps dans le sous-bois, à l'abri des regards. Puis, conduire le ponton au débarcadère comme prévu. Une fois Barlow dans l'ambulance, elle n'aura qu'à filer en douce avec sa Ford Escort vers les États-Unis. Et de là… Le temps qu'on s'aperçoive de la disparition de la vétérinaire, elle sera déjà loin. Surtout qu'avec la zone forestière fermée en raison de l'épidémie, personne ne s'aventurera dans le secteur. Le temps presse. Elle attrape la dépouille flottante par les aisselles et se met à la tirer vers la rive tout près.

En remontant dans l'embarcation, Eugénie fouille dans le bagage de la morte pour y trouver quelques vêtements secs. Rien ne doit éveiller les soupçons. Il suffira de dire que Léa Marcoux a préféré demeurer sur place à l'auberge. Des tests à finaliser. Un râle de soulagement emplit l'espace. Avec quelle assurance tout de même a-t-elle réussi à se sortir indemne de cette malencontreuse aventure ! Dans peu de temps, elle sera devenue une artiste adulée par ses pairs, une femme aimée. Parce que l'amour, elle y a droit aussi.

Confortée par le clapotis rassurant des vaguelettes contre la coque du ponton, Eugénie se laisse galvaniser par ses rêves les plus fous. Ce n'est qu'au moment de retirer sa veste dégoulinante qu'éclate en elle une frayeur à s'en faire crever le cœur. Elle vient de réaliser sa terrible gaffe. *Nonnnnnnn!* Le pouls qui pulse à deux cents à l'heure, elle glisse une main frissonnante dans la poche de sa veste. Au bout de ses doigts, elle trouve le papier volé à Barlow, totalement détrempé. Après l'avoir déplié avec une extrême précaution, elle tente de lire les mots du code d'accès. Between... Sunny... Elephant... Parlour... An... Su... r... puis tout s'embrouille. Eugénie tourne sur elle-même, bat les paupières, s'arrache les yeux à essayer de déchiffrer ce qui suit. Rien n'y fait. L'eau a délavé l'encre, effaçant tout.

Le ciel sur la tête, elle s'écroule à genoux. Le paysage vacille autour d'elle. Sur le pont du bateau, là où Barlow vient d'exhaler son dernier souffle, la jeune guide, la tête renversée vers l'infini, les bras en croix, livre son âme perdue aux foudres des dieux. Pareil au lancer d'une flèche, un long cri, qui s'entend jusqu'à la tête de la rivière Batiscan, déchire l'air mouillé du matin avant d'aller percer l'écho des montagnes.

Notices biographiques

Ariane Gélinas

Née à Grandes-Piles (Mauricie, Québec), Ariane Gélinas a signé pendant une demi-douzaine d'années des chroniques et critiques dans *Les libraires* et *Lettres québécoises*. Détentrice d'un doctorat en lettres de l'UQTR, elle y est aussi chargée de cours depuis 2016. En plus d'avoir publié une soixante-dizaine de nouvelles dans plusieurs collectifs et périodiques, elle est l'autrice de neuf ouvrages dont *L'enfant sans visage* (XYZ), la trilogie « Les villages assoupis » (prix Arts Excellence, Jacques-Brossard et Aurora/Boréal) publiée au Marchand de feuilles, et le recueil *Le sabbat des éphémères* (Les Six brumes). Ses romans *Les cendres de Sedna* (prix Arts Excellence et Aurora/Boréal), *Quelques battements d'ailes avant la nuit* et *L'envers des forêts* ainsi que son recueil *Criminelles* (coécrit avec Maureen Martineau) sont parus aux éditions Alire. Une première bande dessinée, *La cité oblique* (prix Aurora/Boréal), réalisée avec Christian Quesnel, a été publiée en 2022 par Alto. Elle a récemment été finaliste au prix du CALQ – Artiste de l'année. Elle demeure à Trois-Rivières.

Publications :
L'envers des forêts, Alire, 2024
La cité oblique, Alto, 2022
Criminelles (avec Maureen Martineau), Alire, 2021
Quelques battements d'ailes avant la nuit, Alire, 2019 (réédition 2023)
Les cendres de Sedna, Alire, 2016 (réédition 2020)
Escalana (*Les villages assoupis t. 3*), Marchand de feuilles, 2014
L'Île aux naufrages (*Les villages assoupis t. 2*), Marchand de feuilles, 2013
Le sabbat des éphémères, Les Six brumes, 2013
Transtaïga (*Les villages assoupis t. 1*), Marchand de feuilles, 2012
L'enfant sans visage, XYZ, 2011

Corinne Jaquet

Corinne Jaquet écrit depuis plus de trente ans des ouvrages sur l'histoire criminelle de Genève, sa ville natale. Elle est aussi l'auteure d'une douzaine de romans policiers, de nouvelles policières et d'ouvrages pour la jeunesse, dont plusieurs sont issus d'ateliers d'écriture avec des classes de collégiens. Retrouvant la plume de chroniqueuse judiciaire qu'elle tenait pour le journal *La Suisse* dans les années 1980 et 1990, elle a créé en 2022 une collection consacrée aux faits divers suisses, dont deux volumes sont déjà parus aux éditions du Chien Jaune.

Publications :
Romans policiers
L'ombre de l'aigle, Slatkine, 2014 (réédition, Les éditions du Chien Jaune, 2019)
Aussi noire que d'encre, Slatkine, 2013 (réédition, Les éditions du Chien Jaune, 2023)

Zoom sur Plainpalais, Luce Wilquin, 2011 (réédition, Les éditions du Chien Jaune, 2023)
Maudit foot !, Slatkine, 2008 (réédition, Les éditions du Chien Jaune, 2021)
Les larmes de Saint-Gervais, Luce Wilquin, 2006 (réédition, Les éditions du Chien Jaune, 2023)
Bain fatal aux Pâquis, Luce Wilquin, 2005 (réédition, Les éditions du Chien Jaune, 2021)
Les degrés-de-poules, Luce Wilquin, 2003 (réédition, Les éditions du Chien Jaune, 2020)
Les eaux-vives en trompe-l'œil, Luce Wilquin, 2002 (réédition, Les éditions du Chien Jaune, 2020)
Casting aux Grottes, Luce Wilquin, 2000 (réédition, Les éditions du Chien Jaune, 2019)
Fric en vrac à Carouge, Luce Wilquin, 1999 (réédition, Les éditions du Chien Jaune, 2018)
Café-crime à Champel, Luce Wilquin, 1998 (réédition, Les éditions du Chien Jaune, 2017)
Le pendu de la Treille, Luce Wilquin, 1997 (réédition, Les éditions du Chien Jaune, 2016)

Histoire policière et judiciaire
Des crimes passionnels, Les éditions du Chien Jaune, 2023
Des meurtres sur commande, Les éditions du Chien Jaune, 2022
L'énigme Jaccoud. Un procès il y a soixante ans, Slatkine, 2020
Dominique Poncet, ou la noblesse de défendre, Slatkine, 2006 (réédition, 2021)
La secrète a 100 ans, Nemo, 1993
Meurtres à Genève, Histoires vraies, Slatkine, 1990 (réédition, 2017)

Histoire générale
Louis Babel, le Genevois qui dessina le Labrador, Slatkine, 2019

Ouvrages pour la jeunesse
L'étrange varappe, Slatkine, 2015
Monsieur Chose et la marmite de l'Escalade, Slatkine, 2013
Monsieur Chose au pays des astronautes, Slatkine, 2012
Monsieur Chose contre Big Ben, Slatkine, 2009
Monsieur Chose et la flamme olympique, Slatkine, 2007
Monsieur Chose et le collectionneur de mots, Slatkine, 2005

Maureen Martineau

Maureen Martineau a été comédienne, metteure en scène et auteure au théâtre Parminou. Son expertise en art social l'a menée en Amérique centrale, en Inde et en Afrique, où elle a collaboré une dizaine d'années avec l'ONG One Drop. En 2013, elle publie *L'enfant promis*, le deuxième polar d'une série de cinq enquêtes prêtant vie à la détective Judith Allison, qui lui vaudra le prix Arthur-Ellis du meilleur roman policier francophone canadien. Depuis 2015, avec *Une église pour les oiseaux*, elle se passionne pour le roman noir campé en milieu rural ainsi que pour les nouvelles explorant la psyché des femmes criminelles.

Maureen Martineau s'est initiée à la scénarisation télévisuelle avec la série policière *Détective Surprenant* qu'elle signe avec Marie-Ève Bourassa, d'après l'œuvre de Jean Lemieux, diffusée sur les plates-formes de Club Illico et TVA. En 2023, pour l'ensemble de ses publications, elle a remporté le prestigieux prix du CALQ, Artiste de l'année au Centre-du-Québec.

Publications :

Détective Surprenant, coscénarisation avec Marie-Ève Bourassa, série policière télévisuelle, 6 épisodes, TVA, Club Illico, d'après le roman *On finit toujours par payer* de Jean Lemieux, 2023

Les enfants de Godmann, VLB Éditeur, 2022

Criminelles (avec Ariane Gélinas), Alire, 2021

Zec La Croche, Héliotrope, 2020 (réédition l'Aube, France), 2021

La ville allumette, VLB Éditeur, 2018

Une église pour les oiseaux, Héliotrope, 2015 (réédition l'Aube, France), 2022

L'activiste le jour des morts, VLB Éditeur, 2015

L'enfant promis, La courte échelle, 2013

Le jeu de l'ogre, La courte échelle, 2012

Michèle Pedinielli

Née en avril 1968, Michèle Pedinielli fait sa première manifestation à un mois et termine son premier roman quarante-huit ans plus tard. Entre-temps, la routine : fuir Nice à dix-huit ans, devenir journaliste à Paris, revenir vingt-deux ans plus tard au bercail, choisir de ne plus avoir de patron, pointer au chômage, voir sa nouvelle envoyée au festival Toulouse Polars du Sud en 2015 récompensée. Et décider d'écrire un roman pour ne pas mourir sans avoir essayé. *Boccanera* (prix Lion Noir 2019) sort en février 2018 aux éditions de l'Aube, suivi de *Après les chiens* (prix Instant Polar 2020), *La patience de l'immortelle* (prix France Bleu 2021 et prix spécial du jury du prix de l'Évêché 2022) et *Sans collier* (2023). Quatre volets qui suivent Ghjulia Boccanera, dite Diou, détective privée quinquagénaire enquêtant dans Nice et sa région ainsi qu'en Corse..

Publications :
Sans collier, l'Aube, 2023
La patience de l'immortelle, l'Aube, 2021
Après les chiens, l'Aube, 2019
Boccanera, l'Aube, 2018

Table des matières

Pour limiter l'empreinte environnementale de leurs livres,
les éditions de l'Aube font le choix de papiers
issus de forêts durablement gérées et de sources contrôlées.

Achevé d'imprimer en septembre 2024
sur les presses de l'imprimerie Firmin Didot
pour le compte des éditions de l'Aube
331, rue Amédée-Giniès, F-84240 La Tour-d'Aigues

Numéro d'édition: 6327
Dépôt légal: octobre 2024
Numéro d'impression: 181002

Imprimé en France